스쿠터 걸

푸른도서관 35

스쿠터 걸

초판 1쇄 / 2009년 12월 30일 | 초판 2쇄 / 2010년 7월 15일

지은이 / 이　은
펴낸이 / 신형건
펴낸곳 / (주)푸른책들
등록 / 제321-2008-00155호
주소 / 서울 서초구 양재동 115-6 푸르니빌딩 (우)137-891
전화 / 02-581-0334~5 팩스 / 02-582-0648
이메일 / prooni@prooni.com 홈페이지 / www.prooni.com

글 ⓒ 이 은, 2009

ISBN 978-89-5798-190-0 03810

이 도서의 국립중앙도서관 출판시도서목록(CIP)은 e-CIP 홈페이지
(http://www.nl.go.kr/cip.php)에서 이용하실 수 있습니다.
(CIP제어번호: CIP2009003034)

스쿠터 걸

이 은 지음

푸른책들

차례

바비를 치하여

1

크림을 듬뿍 올린 와플, 떡볶이 양념에 찍은 오징어 튀김, 설탕가루를 살짝 털어 낸 도넛, 콩가루 찹쌀떡과 젤리에 버무린 팥빙수, 피자, 불닭, 초콜릿 아이스크림, 새우깡······.

나는 입 안에 가득 고인 침을 꿀깍 삼켰다. 또 이대로 무너질 수는 없다.

거울 앞에 섰다. 지겨운 검은 뿔테 안경과 눈이 마주치는 순간 숨이 막힐 것 같다. 맙소사! 마음에 드는 구석이 한 군데도 없다. 게다가 엉덩이는 점점 불어나고 있다.

"44kg. 그래 딱 44kg이면 돼. 브이라인 턱 선에 일자형 쇄골, 납작한 배와 알이 빠진 미끈한 종아리만 생각해. 나도 배꼽 티에 스키니 진을 입을 거야. 그날을 위해 참아야 돼!"

주먹을 불끈 쥐며 다짐을 해 보지만 뱃속에서 꼴꼴대는 소리가 더 크게 들릴 뿐이다. 거울 속 얼굴이 금방이라도 울 것처럼 일그러졌다.

배고파, 배고파, 배고파…….

내 몸뚱이는 온통 위로만 만들어졌나 보다. 드디어 나의 거대한 위는 의지와는 상관없이 제멋대로 움직이기 시작했다. 살며시 방문을 열었다.

어둠 속에서 우람한 냉장고가 허연 미소를 흘리며 어서 오라 손짓했다. 허겁지겁 달려들어 치즈 한 장을 입에 우겨넣었다. 고소함이 혀와 입천장 사이에 찐득하게 달라붙었다. 오렌지 주스를 병째 들이켰지만 갈증을 풀기엔 역부족이다. 저녁 내내 유혹적인 냄새를 풍기며 날 괴롭히던 불고기는 냉장고 안 어디에도 없다. 남은 반찬이라곤 말라빠진 멸치볶음과 김치뿐이다.

그래도 나의 마지막 희망인 라면이 있다. 계란을 하나 풀어 넣고 밥을 말아 먹어야지. 그런데 밥통을 열어 보니

"짱나, 아주 돌아버리겠어!"

밥이 없다. 밥통을 내던져 버리고 싶다. 눈물이 핑 돌았다. 그깟 밥 한 그릇 때문에 이성을 잃은 것처럼 날뛰는 내가 초라하고 슬프다.

이현실. 키 158cm, 몸무게 55kg. 기말고사 성적 반에서 21등

그리고 16살.

1년이 지나도록 성장이 멈춰 버린 키에 야금야금 불어나는 몸무게, 아무리 발버둥 쳐도 제자리걸음인 등수와 아이도 어른도 아닌 어중간한 대기상태. 내게 달라붙은 숫자들이 암시하는 불확실한 미래가 두렵다.

밤 12시가 넘었지만 시간은 상관없다. 나는 결국 편의점으로 뛰어갔다. 전 재산인 5,000원 짜리 한 장으로 감자칩 과자와 바나나 우유, 불고기맛 삼각김밥 세 개를 샀다.

가게를 나서자마자 과자 봉지를 뜯었다. 턱없이 포장만 부풀린 봉지가 괘씸했다. 감자칩 한 봉지를 먹는 데 겨우 5분, 급히 먹느라 입천장이 다 까졌다. 엘리베이터 안에서 봉지에 남은 가루까지 입에 털어 넣었다. 거울을 보며 입가를 털다 문득 구석에 매달린 감시 카메라와 눈이 마주쳤다.

"에이 씨, 쪽팔려!"

관리 아저씨가 모니터를 안 보고 졸고 있었기를 바랄 뿐이다.

현관문을 열고 뒷발질로 슬리퍼를 내팽개쳐 벗었다. 그리고 거실 바닥에 비닐봉지를 뒤집어 쏟아 놓고 퍼질러 앉았다.

삼각김밥이 벌써 세 개째다. 이게 마지막이다. 넘기는 속도를 애써 늦추었다.

삼각김밥 하나의 밥알은 2434개, 어떤 백수가 무려 다섯 시간에 걸쳐 밥알을 세어 봤단다. 순수한 호기심과 만만찮은 인내력이 낳은 정보니 신뢰할 만하다. 2434, 숫자의 배열 또한 범상치 않다. 마치 가지런히 만들어진 2단 오픈 샌드위치 같다. 아무래도 난 숫자에 너무 민감하다.

2434 × 3 = 7302

사실 7302라는 밥알의 숫자보다는 그 밥알이 가진 열량이 문제다. 불고기맛 삼각김밥 한 개는 189kcal, 189 × 3 = 567kcal다. 밥 한 공기가 300kcal니까 순식간에 밥 두 공기를 먹어 치운 셈이 되는 거다.

부드러운 바나나 우유가 천천히 목구멍을 적시며 흘러내렸다. 나른하고 우울하다. 미친 듯이 먹고 난 뒤에 찾아드는 패배감이다.

안방 문이 열렸다. 엄마가 자다 깬 듯 비척거리며 걸어 나오더니 바닥에 널린 과자 봉지와 비닐을 보고 이내 이맛살을 찌푸렸다. 엄마의 잔소리가 터지기 전에 얼른 둘러댔다.

"나 저녁 안 먹었잖아."

"그러니 누가 먹지 말래? 다이어트 한답시고 아무것도 안 먹겠다고 큰소리친 게 누군데?"

갑자기 울컥 목이 메었다. 시시콜콜 변명을 늘어놓을 기분이 아니다.

"그냥 못 본 척해 줘."

"이젠 너까지 엄마 무시하는 거야?"

"제발 비약하지 마."

"비약하지 말라고! 하여튼 씨 도둑질은 못 한다는 옛말 하나 틀린 것 없어. 어쩜 정 떨어지게 말하는 것까지 지 아빠를 저리 쏙 빼닮았는지 몰라."

엄마의 스트레스 해소법인 아빠와 날 싸잡아 헐뜯기가 시작되었다. 이젠 아빠의 얼굴조차 희미한데 엄마의 울분 속에서 아빠와 난 늘 한통속이다. 공통의 유전자를 가졌다는 이유만으로. 억울하지만 아니라고 항변하는 것도 우스운 짓 같아 꾹꾹 눌러참는다.

엄마가 내 앞에 털썩 주저앉았다. 엄마는 오래 전에 떨어져 나간 잠옷의 단추를 아직 달지 않았다. 분홍색 바탕에 자잘한 꽃무늬의 흔적만 남은, 마치 엄마의 인생처럼 구겨지고 얼룩진 잠옷. 낡고 추레한 엄마의 잠옷이 정말 싫다.

"뭘 그렇게 빤히 쳐다봐?"

"세 번째 단추 떨어졌어."

"괜찮아, 누가 볼 것도 아닌데."

"……구질구질해."

"나도 내가 이렇게 구질구질하게 살게 될 줄 몰랐지."

"잠옷이 구질구질하다고 했지 엄마가 그렇대?"

"네 아빠도 늘 그렇게 말했어. 여편네가 애 하나 낳고 나더니 피둥피둥 살만 쪘다고. 구질구질해서 꼴도 보기 싫다면서 바람난 걸 내 탓으로 돌렸지. 더러운 속물."

화가 나서 가슴이 터질 것 같다. 엄마처럼 자신의 감정을 몽땅 드러내 상대를 괴롭히고 싶지는 않다. 밤새 엄마의 히스테리를 다 받아 주고 싶은 생각은 더더욱 없다.

"난 이제 잘 거야."

"싸가지 없는 것. 넌 엄마 생각은 눈곱만큼도 안 하지?"

"아빠 미워! 아빠를 닮은 나도 싫어! 이제 됐지? 제발 이제 아빠 핑계 대지 말고 엄마 인생 살아!"

도대체 엄마는 왜 아직 아빠를 가슴에 담아 두는 걸까? 배신의 상처가 깊어서일까, 아님 아직 미련이 남아서일까? 엄마가 낡아 빠진 잠옷과 함께 아빠와의 기억을 몽땅 갖다 버렸으면 좋겠다.

나는 방으로 들어와 침대에 몸을 던졌다. 매트리스가 힘겹게 출렁이며 '끼익, 끽' 울어 댔다.

"지겨워…… 지겨워 죽겠어……."

2

"야, 너 이리 와 봐."

제대로 걸렸다. 학주가 나올 줄 알았으면 좀 빨리 오는 건데. 학년주임 고길동. 8:2 가르마의 촌스러운 헤어스타일, 늘 셔츠와 조끼 차림의 답답한 패션 감각, 불만투성이의 심술궂은 얼굴과 가끔씩 보여 주는 썩소까지, 아기공룡 둘리를 구박하던 만화 속의 고길동과 흡사하다. 하지만 고길동이 고길동과 절대 같아질 수 없는 이유는 딱 한 가지다. 우리가 얼음별에서 온 초능력을 가진 둘리가 아니라는 것.

"임마, 너 교복 줄였지? 아주 터진다 터져. 휴 해 봐."

"왜요?"

"하라면 하지 뭔 잔말이 많아."

"싫어요."

"뭐, 싫어? 요놈 봐라."

학주가 손가락으로 내 이마를 쿡쿡 찔렀다. 자존심 상해! 차라리 뺨을 한 대 맞는 게 낫겠다. 학주는 어떻게 하면 아이들이 이성을 잃는지 알고 있다. 나는 학주의 낚싯밥을 물지 않으려 입술을 깨물었다. 고개를 숙였다. 순전히 반항의 눈빛을 감추기 위해서지 뉘우침이나 항복의 의미는 아니다.

"교복 불량, 두발 길이 불량, 가방 착용 불량."

"가방은 왜요?"

"가방이 등에 붙어 있어야지 넌 엉덩짝에 붙어 있잖아. 당장 끈 줄여!"

별걸 다 트집이다. 하지만 나는 아무 힘이 없다. 시키는 대로 가방 끈을 줄일밖에. 학주가 흘리는 비웃음 섞인 한 마디가 내 귀에 딱 걸려들었다.

"불량품……."

우수한 유전자만 가진 슈퍼 아기의 탄생도 가능하다는 세상에 불량품이라니! 머리에서 김이 난다. 하지만 말썽을 일으키고 싶진 않다. 그냥 끝까지 존재감 없는 학생으로 조용히 중학교 생활을 마감하고 싶을 뿐이다. 나는 밟아도 꿈틀대지 않는 지렁이다. 그러니 참을밖에. 이렇게 계속 참다가는 졸도할지도 모른다.

3년간의 경험으로 볼 때, 학주의 만행은 곧 시들해질 것이다. 금방 싫증을 내는 것이 학주의 유일한 장점이니까. 드디어 새로운 희생양을 찾아내자 얼른 형량이 떨어졌다.

"교복 원래대로 고쳐서 검사 맡아."

발걸음이 무겁다. 무겁다 못해 질질 끌렸다. 이제 막 시작한 하루, 나는 벌써 지쳤다.

"야, 이현실!"

희주가 뛰어오며 혀를 내밀고 헉헉거리는 시늉을 했다. 웬걸? 저러면 자기가 귀여워 보이는 줄 안다. 학주에 이어 엎친 데 덮친 격이다.

"학주한테 걸렸어?"

"몰라!"

"치, 괜히 나한테 신경질이야."

희주가 코맹맹이 소리를 내며 내 팔을 잡고 흔들었다. 시도 때도 없이 들이대는 희주의 애교가 오늘따라 정말 깬다. 공희주, 가운데 '희' 자를 빼고 그냥 공주라고 불러 달란다. 그러면서 자기는 꼬박꼬박 내 이름에 성까지 붙여서 부른다. 야비한 것!

"아으, 궁금해 죽겠어. 왜 걸렸어?"

"교복 줄였다고."

"다시 고치래?"

"미쳤냐?"

"그럼 어쩔 거야?"

"체육복 입고 다니지 뭐."

"조회 때는?"

"몰라! 어떻게 되겠지."

처음부터 그럴 생각은 아니었다. 치마를 두 번 접어 입으니

가뜩이나 굵은 허리가 더 두둑해 보였다. 그래서 아예 치맛단을 올리는 게 낫겠다 싶었다. 딱 거기까지만 할 생각이었다. 희주만 아니었으면.

"야, 윗도리가 좀 헐렁하잖아. 촌스럽게."

"이래도 점심 먹고 나면 단추 풀고 있어야 되는데, 뭐."

"내 말이. 순전히 밥배, 똥배잖아."

희주가 내 배를 쿡 찌르며 키득거렸다. 재봉질을 하던 아줌마도 웃었다. 나도 웃었다. 화를 내면 옹졸해 보일까 봐 억지로 웃었다.

"이현실, 옷을 몸에 맞추는 게 아니라 몸을 옷에 맞추는 거야. 옷을 딱 붙여 입어야 살이 안 찐단 말씀. 날 봐."

희주가 거울 앞에서 빙그르르 한 바퀴를 돌았다. 잘록한 허리가 마치 발레복을 입은 것처럼 날렵했다. 희주처럼 될 수 있다면 망설일 이유가 없다.

"아줌마, 윗도리도 요만큼 줄여 주세요."

다이어트에 박차를 가할 기회로 삼으리라 다짐했다. 하지만 뜻대로 되진 않았다. 아니 정확히 더 악화되었다는 게 맞다. 일주일 동안 급식도 마다하고 강냉이와 물만 먹고 2kg을 뺐지만 잠시 방심한 사이에 다시 3kg이 쪘다. 망할 요요!

교실이 어수선했다.

신애 주위에 아이들이 모여들었다. 신애는 CD만큼 작은 얼굴과 지나치게 큰 눈을 가진 우리 학교 얼짱이다. 타고난 예쁜 얼굴과 맹훈련한 얼짱 각도로 사진발도 끝내 준다. 자기 말에 의하면 길거리 캐스팅도 된 적이 있단다.

"오대 얼짱에 올릴 내 프로필 사진이거든. 어떤 게 제일 예뻐?"

"헉, 너무해."

"뭐가?"

"뽀샵질을 너무 심하게 해서 못 알아보겠어. 진짜 너야?"

자칭 몸짱인 희주와 얼짱 신애의 신경전이 또 시작됐다. 둘 다 한 손에 떡을 쥐고 서로 상대방이 쥔 떡을 시기하는 꼴이다. 나처럼 빈손인 애들은 어쩌라고? 그만들 하라고 소리치고 싶지만 조용히 지켜볼 뿐이다.

아름다움은 권력이라지? 저 애들은 저 하고 싶은 대로 한다. 거드름을 피우고 싸가지 없이 제멋대로 굴어도 된다. 예쁘니까 다 용서된다. 하지만 나는 다르다. 못생기고 뚱뚱한 게 성격까지 더럽다는 소리를 듣지 않으려면 하루하루가 살얼음판이다. 청소도 열심히 하고 재미없어도 적당히 웃어 주고 말도 안 되는 짓거리에도 동참해야 한다. 외톨이가 되면 왕따 신세로 전락하는 건 시간문제다.

그래도 아주 희망이 없는 건 아니다. 고등학교만 졸업하면 뒤뚱거리는 미운 오리새끼에서 우아한 백조로 변신할 테니까. 불량품에서 명품으로 거듭나는 것이다. 의학의 힘을 빌리면 충분히 가능하다. 행복한 오리로 사는 게 어떠냐고? 그저 그렇게, 현실에 만족하며 평범하게. 물론 썩 나쁘지는 않다. 하지만 백조가 행복해질 확률이 훨씬 더 높지 않을까?

3

"너무해!"

엄마는 도통 내게 관심이 없다. 다이어트 하는 줄 뻔히 알면서 돈가스와 마요네즈에 버무린 감자 샐러드를 먹으란다. 그나마 마트에서 사 와 튀기기만 한 반 조리 식품이다.

"진짜 엄마 맞아?"

"아냐, 다리 밑에서 주워 왔어."

엄마의 감각 떨어지는 농담. 오늘은 그런대로 기분이 괜찮은가 보다. 엄마는 맥주를 따서 들이켰다. 미성년인 자녀 앞에서 술이라니! 정말 비교육적이다.

"아무래도 의심스럽단 말이야."

"지금이라도 진짜 엄마 찾아가든지."

"헉……."

엄마가 야릇한 미소를 지으며 날 보았다. 순간 엄마의 말이 진심이 아닐까 하는 생각이 든다. 내가 없어지면 엄마의 어깨가 한결 가벼워질 테니. 어쩌면 호시탐탐 날 아빠에게 떠넘길 궁리를 하고 있는지도 모른다.

외할머니는 올 때마다 엄마에게 재혼 얘기를 꺼내셨다. 이모는 낯선 남자의 사진을 두고 가기도 했다. 나는 슬쩍 엄마를 떠보았다.

"이모가 말한 그 대머리 아저씨는 별로더라. 완전 늙다리던데."

"흐흐, 흥."

"왜 웃어?"

"그냥 한심해서."

슬쩍 초점을 흐리는 엄마의 대답이 너무 애매하다. 재혼할 마음이 있다는 건가, 없다는 건가?

"솔직하게 말해 줘. 그래야 나도 마음의 준비를 할 거 아냐."

"무슨 준비를 할 건데?"

"생각해 봐야지."

"흠, 어째 협박처럼 들린다."

"엄마가 재혼을 하든 말든 난 상관 안 해. 늙어서 내 발목만 잡지 마."

"매정한 것."

나는 머쓱해져 얼른 말꼬리를 돌렸다.

"제발 술 좀 그만 마셔."

"오늘 큰 거 하나 계약해서 자축하는 거야."

엄마는 생명보험, 건강보험, 종신보험, 뭐 이런 거를 판다. 사람들이 보험 아줌마라고 부르면 꼭 보험 설계사라고 고쳐 부르게 하지만 '아줌마' 대신에 '사' 자를 붙인다고 갑자기 프로가 되는 건 아니다. 보험 세계의 프로는 계약 실적으로 판가름 나니까. 엄마는 아침마다 정성들여 화장하고 광고지와 계약 용지가 든 커다란 가방을 들고 출근하지만 일주일에 한 건 하기도 힘들단다. 매달 말일이 다가오면 조금이라도 안면이 있는 사람에게 모조리 전화를 건다. 그리고 나면 엄마의 히스테리는 극에 달한다.

"그럼 이번 달엔 실적이 좋은 거야?"

"소장한테 욕먹지 않을 정도."

좋다 말았다. 엄마와 나는 왜 이렇게 세트로 궁상맞고 한심한지 모르겠다. 마주 앉아 밥을 먹다가도 엄마를 보면 답답하다. 나는 절대 엄마처럼 살지 않을 거다.

밥과 수프를 뺀 돈가스 1인분에 667kcal, 10조각으로 잘라 딱 4조각만. 소스 찍지 말고 샐러드는 처다보지도 않는다. 이 정도면 굶어 죽진 않겠지. 천천히 꼭꼭 씹어 넘기고 포크를 내려놓았다.

"더 먹어."

"싫어, 살쪄."

"그놈의 살, 살. 참 요란을 떠네."

"희주는 아무리 먹어도 살 안 찌는데 난 물만 마셔도 찐단 말이야. 미치겠어!"

"넌 살만 빠지면 인생이 확 달라질 것 같니?"

"당연하지! 만약 엄마가 예쁘고 날씬한 멋쟁이였다면 지금쯤 보험왕이 됐을지도 모르지."

"이상하네, 우리 회사 보험왕은 나보다 더 뚱뚱한 아줌마인데."

"어디나 예외는 있다고. 난 일반적인 이야기를 하는 거야. 엄마는 어째 나보다 더 세상을 몰라?"

엄마는 이중인격자다. 집을 뒤져 보면 엄마가 먹다 남긴 다이어트 약이 아마 한 바구니는 될 거다. 그것도 모자라 계란만 먹기, 포도만 먹기, 최근에는 감자만 먹기도 했다. 그러면서 말로는 외모보다 마음이 더 중요하단다. 그따위 교과서 같은 말은 안 통한다. 닭이 먼저냐, 달걀이 먼저냐를 따지는 것처럼 어리석다. 보이는 것이 다가 아니라는 것쯤은 나도 안다. 하지만 세상은 쉬운 잣대를 원한다. 외모, 재산, 성적처럼. 보이는 것은 단순 명료하다. 이것이 내가 16년을 살면서 배운 세상에 관한 뻔한 진실이다.

교복에 달린 단추를 최대한 바깥으로 옮겨 달 요량이다. 그럼 1cm 정도 여유가 생길 거고 내일까지 급다이어트로 허리 사이즈를 1cm 더 줄인다.

2cm + 우기기 = 통과다.

학주가 속을지 확신은 없지만 나로서는 최선을 다하는 거다.

그런데 아무리 찾아도 반짇고리가 없다. 엄마도 어디에 있는지 모르겠단다. 거실장 안에도 없고 장롱 안에도 없다. 이사하면서 없어졌거나 엉뚱한 곳에 처박혀 있겠지. 반짇고리 대신 가정시간에 만들다 채 완성하지 못한 '주머니 만들기'를 찾기로 했다. 쓰던 실과 바늘이 들어 있다면 다행이다.

벽장 안에서 찌그러진 커다란 종이 상자를 끌어냈다. 리코더, 다이어리, 스티커 사진, 스탬프, 구겨진 색종이와 편지지, 돌고래 모양의 스킬자수, 햄버거를 먹고 받은 플라스틱 장난감들. 내 유년의 추억이 고스란히 뒤엉켜 있었다. 다행히 '주머니 만들기'도 있다. 그리고 그 사이에서 허공을 응시하고 있는 낯익은 얼굴을 발견했다.

백설공주 바비인형. 나는 발가벗은 채 누워 있는 바비를 들어올렸다. 잘록한 허리와 풍만한 가슴, 쭉 뻗은 다리, 긴 속눈썹과 커다란 눈동자에 박혀 있는 반짝이는 보석. 잦은 목욕으로 머리카락은 엉키고 손가락 끝이 구부러졌지만 까짓 뭐 어때? 완벽한 9등신 아니 10등신의 몸매인데.

긴 출장에서 돌아온 아빠가 내민 분홍색 상자 안에 바비가 있었다. 하얀 피부와 윤기 나는 새까만 머리에 단 커다란 리본, 활짝 퍼지는 노란색 치마에 부풀린 짧은 소매, 그리고 투명한 유리구두까지.

"히야, 그림책에서 본 백설공주랑 똑같아!"

환호성을 올리는 날 보며 껄껄 웃던 아빠의 모습이 어렴풋이 떠올랐다.

나는 잡동사니를 헤집어 바비의 드레스를 찾았다. 구겨진 드레스 자락에서 먼지 냄새가 났다. 상자를 뒤집어엎어도 유리구두는 없다.

"이제 옷 입자. 유리구두는 신데렐라가 가져갔어. 괜찮아, 어차피 그 구두는 너한테 어울리지 않았어."

나는 바비를 책상 위에 앉혔다.

4

"알립니다. 3학년 학생들을 위한 특별 생활지도가 있을 예정입니다."

방송이 채 끝나기도 전에 선생님들이 들이닥쳤다. 마치 유대인을 잡으러온 게슈타포처럼 앞뒷문이 차단되고 우리는 꼼짝없이 교실에 갇혔다. 학주와 담임, 부담임으로 이루어진 3인조다.

웅성거리던 아이들이 3인조의 서슬에 이내 입을 다물었다. 학주가 썩소를 지으며 일장 연설을 늘어놓았다.

"유감스럽게도 요즘 여러분의 태도가 매우 방만하다. 선생님들은 해이해진 여러분의 생활을 다잡을 때가 됐다고 결론 내렸다."

학주가 호주머니에서 시커먼 물건을 꺼내 들었다. 검은색의 네모난 플라스틱에 종이 막대가 달려 있었다.

"이게 뭔 줄 아나? 바로 '흡연 측정기'라는 거다. 여러분의 건강을 위해 학교에서 거금을 들여 마련했다. 그동안 증거 불

충분으로 빠져나갔던 놈들, 각오해라."

우리를 구해 줄 유일한 동아줄인 담임은 오늘따라 힘이 없어 보인다. 가능한 우리와 눈을 맞추지 않으려 하는 모습이 약간 비굴해 보이기까지 했다. 예감이 좋지 않다.

드디어 우리 분단이다.

"복장 불량. 복도로!"

연희가 블라우스를 치마 밖으로 꺼내 입은 건 3년 동안 키가 많이 컸기 때문이다. 책상 위로 손만 올려도 블라우스 자락이 빠진다며 투덜대곤 했다. 하지만 이유 불문, 다음. 해인이는 실내화가 더럽다고, 민주는 울프 컷의 헤어스타일과 왁스의 과다 사용으로, 수경이는 학생용 스타킹을 착용하지 않아서, 가현이는 치마 길이가 짧아서 복도로 쫓겨났다. 영미와 진희는 대단한 흡연 측정기에 꼬리를 잡혔고 신애는 개인기 수준의 애교와 오리발로 깐깐한 검열을 통과했다.

내 차례다. 치마가 조금이라도 길어 보이게 허릿단을 골반까지 내리고 잔뜩 숨을 들이쉬어 최대한 배를 집어넣었다. 가슴이 벌렁벌렁 뛰었다.

"복도로!"

학주는 자세히 보지도 않았다. 그냥 당연하다는 듯이 날 내쫓았다. 복도에 일렬로 늘어선 아이들을 보니 그나마 조금 위

26

로가 되기는 했다.

"아, 완전 돌겠네!"

희주가 툴툴거리며 나왔다. 희주는 자기가 걸린 것보다 신애가 그냥 넘어간 게 더 분한가 보다. 희주는 콧소리를 섞어 가며 "선생니임, 억울해요."라며 신애 흉내를 냈다. 아이들이 소리 죽여 낄낄거렸다.

"화장을 안 했다고? 뻔뻔하게 비비크림에 써클렌즈까지 끼고서 생얼이래! 지금이라도 확 꼬질러 버릴까?"

"지랄 그만하고 스티커나 떼."

희주가 이름표 중앙에 붙여 놓은 스티커를 손톱으로 긁어내고 눈꺼풀 위에 붙인 쌍꺼풀 테이프를 떼어 내며 종알거렸다.

"확 다 뜯어고칠 거야!"

희주가 불그스름해진 눈꺼풀을 비볐다. '공주'에서 '공희주'로, 영락없이 성에서 쫓겨난 짝퉁 공주다.

교실에는 간부와 범생이들, 이런저런 이유로 선생님의 총애를 받는 아이들 대여섯이 남았다. 임무를 끝낸 3인조가 복도로 나왔다. 그런데 담임과 부담임은 총총히 사라지고 학주만 남았다.

담임이 우리를 버렸다!

아이들의 눈이 외치고 있었다. 1년 내내 한솥밥을 먹는 식구라고 침 튀기더니 막장에 우리를 적의 손에 넘기다니.

학주가 궤변을 늘어놓았다.

"철학자 토마스 홉스는 두려움을 불러일으키는 강력한 힘이 없으면 인간 사회는 필연적으로 타락하고 불결하고 천박한 생활을 하게 된다고 주장했다. 쉽게 말하면 나라에는 강력한 정부가, 학교에는 엄격한 교사가, 가정에는 엄한 아버지가 있어야 폭력과 무질서를 방지할 수 있다는 거다. 오늘 나는 여러분의 학교생활 전반을 통제하고 관리하는 책임에 충실할 것이다. 선생님의 교육적 체벌을 폭력 운운하며 오해하지 않기 바란다."

희주가 한 발짝 나서며 스티커를 뗀 이름표를 가리켰다.

"선생님, 전 이제 복장 불량 아닌데요."

"좋아, 넌 경범죄니 훈방."

학주가 들어가라고 손짓을 했다. 희주가 무릎을 살짝 굽히며 공손하게 경의를 표했다. 교활한 공희주, 참 세상 쉽게 산다.

오늘 학주가 선택한 무기는 손잡이에 검정 테이프를 감아 위협적으로 변신한 대나무 단소다. 2학년 때 딱 한 번 맞아본 적이 있다. 내려치는 순간 '휘이' 소리가 공포감을 조성하고 맞는 순간은 따끔, 5분 안에 피부가 부풀어 오르기 시작한다.

"뒤로 돌아. 창틀 짚고 엎드려!"

내 차례가 다가올수록 학주의 얼굴엔 지친 기색이 역력했다. 학주가 손수건을 꺼내 머리와 이마에 흐르는 땀을 닦으며 투덜거렸다.

"이거 원, 완전 3D 업종이군. 이러니 머리가 자꾸 빠지지."

권위주의자, 사디스트, 편집증 환자, 사이코……. 나는 속으로 욕지거리를 해대며 이를 악물고 버텼다. 체벌과 폭력의 경계선을 넘나드는 학주의 이율배반에 치를 떠는 것으로 생활지도는 막을 내렸다.

5

부풀어 오른 엉덩이에 서서히 감각이 없어졌다. 얼음주머니에서 녹은 물방울이 흘러 침대로 스며들었지만 손끝 하나 꼼짝할 수 없다. 아무 것도 생각하기 싫다. 머릿속이 텅 비어 버렸으면 좋겠다.

거대한 얼음 조각이 녹아내리기 시작했다. 점점 형체가 뭉그러졌다. 마치 카메라의 줌을 당기 듯 얼음 조각의 얼굴이 클로즈업되었다. 눈, 코, 입, 어느 하나 뚜렷하지 않지만 분명히 나다! 어느새 흉측한 몰골의 얼굴이 바닥으로 떨어졌다.

눈을 떴다. 아랫도리가 축축했다. 놀라 벌떡 몸을 일으켰다. 얼음주머니엔 미지근한 물이 조금 남아 있을 뿐이다. 나는 팬티를 갈아입고 헐렁한 파자마를 입었다. 다행이 화끈거리던 엉덩이는 열기가 내렸다. 녹아내리던 내 얼굴이 자꾸만 눈에 밟혔다.

핸드폰에 희주의 문자가 떴다. 졸업 선물로 쌍꺼풀 수술을 할 거라며 자랑이 늘어졌다. 희주는 좋겠다, 희주는 좋겠다, 희주는 좋겠다…….

서랍을 열었다. 초콜릿 한 개, 이걸로는 어림없다. 무엇이든 상관없으니 그냥 배 터지게 먹으면서 다 잊어버리고 싶다.

나는 부엌을 뒤지기 시작했다. 먹을 게 마땅찮다. 사러 가려니 파자마 바람인 데다 돈도 없다. 식빵 네 쪽에 잼을 듬뿍 바르고 치즈와 계란 프라이를 올려서 먹어 치웠다. 라면을 끓여 국물까지 몽땅 마셨지만 멈출 수가 없다. 내쳐 우유 한 잔을 단숨에 들이켰다. 이제 목구멍까지 그득하다.

엄마는 식탁 의자에 쪼그리고 앉아 있었다. 빈 소주병과 술잔을 앞에 두고 초점 없는 눈으로 잠시 날 보다 이내 눈길을 거

두었다. 나도 그냥 모른 척했다. 오늘은 내 앞가림만으로도 너무 벅차다. 모전여전! 엄마는 술로, 나는 음식으로 도피한다.

속이 좋지 않다. 더부룩 답답, 목이 뻣뻣해지며 입 속이 시큼하더니 이어 구역질이 나기 시작했다. 나는 입을 틀어막고 화장실로 뛰어갔다.

엄마가 화장실 문을 두드렸다.

"등 두드려 줄까?"

"됐어!"

나는 변기의 물을 내리고 입을 헹궜다. 거울을 보는 순간 또 구역질이 올라왔다. 쓰디쓴 액체를 토할 때까지 구역질은 계속되었다. 기진맥진해서 화장실 바닥에 주저앉았다.

"현실아, 문 열어."

"나 좀 내버려 둬!"

얼마나 지났는지 알 수 없었다. 나는 천천히 일어나 오래오래 이를 닦았다. 그리고 차가운 물로 세수를 했다. 기분이 조금 나아졌다. 뱃속에 음식이 하나도 남아 있지 않다고 생각하니 스멀스멀 안도감이 밀려왔다.

엄마가 화장실에서 나오는 내 손목을 잡아끌어 앉혔다.

"약 먹을래? 손가락을 딸까?"

"괜히 수선 떨지 마."

"언제부터야?"

"뭐가?"

"먹고 토하는 거 말이야!"

"엄마 취했어?"

"바른대로 말해. 언제부터야?"

"처음이야. 그냥 급하게 먹어서 체한 거라고. 자, 엄마 뜻대로 손가락을 따든지 맘대로 해."

엄마는 내 구토를 거식증이나 폭식증의 증세로 생각하나 보다. 엄마의 과민 반응에 기가 막혔다. 우리는 서로를 노려보았다.

"멀쩡한 몸뚱이 괴롭히지 말고 그냥 생긴 대로 살아!"

"싫어, 난 내가 싫다고! 평범하기 짝이 없는 이따위 얼굴도 싫고 피둥피둥한 내 몸도 싫어!"

"넌 살찌지 않았어. 지극히 건강하고 정상이란 말이야."

"아냐, 난 뚱뚱해."

"말라비틀어져야 만족할래? 정신 차려. 그건 예뻐지는 게 아니라 죽어 가는 거야."

"죽어도 좋아!"

"넌, 넌 행복해야 해……. 너마저 나처럼 망가지는 걸 두고 볼 수 없어."

느닷없이 '행복'이라니! 굳이 대화로 분류되기에도 어색한 말, 퉁명스러움, 짜증, 명령과 반항에 서로 익숙해진 마당에 이 무슨 황당하고 민망한 시추에이션! 역시 엄마는 비약의 명수다.

"도대체 그깟 행복이 뭔데? 있으나마나한 존재감 없는 애로 사는 거 이제 지겨워. 봐, 난 그렇고 그런 평범한 애야. 공부? 잘하고 싶지만 아무리 해도 안 돼. 노래, 춤, 운동, 그림? 다 그 저 그래. 특별한 정신세계가 있냐고? 개나 물어가라그래. 꿈? 열정? 내가 뭘 하고 싶은지조차 몰라. 고딩이 된다고 달라질 것 없어. 지겨워! 외모라도 가꿔서 시시한 나한테서 벗어나고 싶어. 아무도 날 무시하고 함부로 대하지 못하게 말이야. 그게 그렇게 잘못이야?"

나는 충혈된 엄마의 눈을 쏘아보며 바락바락 악을 썼다. 마음에 품고 있을 때는 꽤나 현실적이고 영악한 생각 같았는데 말로 뱉어 내는 순간 나 자신이 속물같이 느껴져 화가 났다. 엄마 말처럼 나도 망가져가고 있는지 모른다. 인정하고 싶지 않지만 엄마와 난 징그럽게도 닮았다. 엄마를 통해 내 모습을 보는 건 정말 싫다. 행복하지 않은 엄마와 행복할 자신이 없는 나, 그게 우리다.

"현실아, 나 더 늦기 전에 새로 시작하고 싶어."

"설마 재혼?"

"그래, 재혼. 그리고……."

마치 빙글빙글 돌며 올라가던 자이로드롭이 꼭대기에서 멈춘 불안한 정지 상태.

"아빠가 널 데려가기로 했어."

이어 사정없는 추락. 아무래도 오늘이 내 인생 최악의 날이 될 것 같은 예감이 든다. 나는 표정을 드러내지 않으려 안간힘을 쓰며 말했다.

"날 아빠에게 떠넘기고 재혼하면 행복해질 것 같아?"

"떠넘기는 거 아니야. 널 위해서야."

"그런 뻔한 거짓말을 믿으라고? 위선자!"

패악을 부렸지만 엄마를 믿고 싶다. 말 못할 사정이 있을 거라고 순하게 고개를 끄덕이고 싶다. 하지만 도저히 그럴 수가 없다. 절대 승복하지 않을 거다.

옷, 사진, 신발, 재떨이, 면도기……. 어느날 갑자기 아빠의 흔적이 모두 사라지고 아빠는 더 이상 집으로 돌아오지 않았다. 간혹 날 불러내 함께 저녁을 먹거나 선물을 사 주었지만 그조차도 점점 뜸해졌다. 머릿속에 아빠의 얼굴이 그려지지 않았다. 불안하고 무서웠다. 엄마마저 그렇게 떠나 버릴까 봐.

"전에도 말했지만 엄마가 재혼을 하든지 말든지 난 상관 안해. 엄마 인생이니까 맘대로 해. 하지만 아빠한테 갈지, 안 갈지는 내가 결정할 거야!"

방으로 뛰어들어와 문을 잠갔다.

울지 않으려 눈을 부릅떠도 속수무책이다. 쉼 없이 눈물이 흘러내리기 시작했다.

자기 기분 하나 조절하지 못하는 엄마, 다정하게 보듬어 준 기억이 없는 엄마, 창피하도록 극악을 떨다가도 한없이 초라해지는 엄마. 엄마의 눈을 통해 본 세상은 언제나 고되고 불공평했고 전염병처럼 내게 스며들어 채워지지 않는 허기와 욕망을 부추겼다.

거울 앞에 섰다. 흐린 거울 속에 비친 낯선 모습. 어디까지가 엄마고 어디부터가 나일까?

차가운 시선이 느껴졌다. 바비가 거울을 통해 나를 보고 있었다. 바비가 경멸의 웃음을 흘리며 말했다.

이제 알겠니? 넌 절대 나처럼 될 수 없어. 왜냐하면 네가 정말 원하는 건 내가 아니니까.

Hey, yo! Put your hands up!

1

3B폐인 : 그 장면 보고 정말 눈물이 핑 돌았어요. ㅠㅠ

딸기양 : 피디가 안티야!

윤조홀릭 : 얼마나 울컥했는지. 왜 우리 오빠들이 그런 굴욕을 당해야 하나요?

가디언 : 오빠들, 힘내세요! 오빠들 곁엔 우리가 있잖아요.

함께라면 : 그따위 순위 프로는 없어져야 해! 엔젤들, 모두 힘을 모아요!!

네오대세 : 네오 오빠, 오늘 너무 힘이 없어 보여서 가슴이 아팠어요. 제발 아프지 마요.

무개념 : 립싱크만 하는 아이돌은 모조리 쓸어버려야 해! 꼴통 빠순이들 들어라. 너희 부모가 낸 시청료가 아깝지도 않냐? 한 마디로 전파 낭비다. 얼굴만 가지고 설쳐 대는 놈들! 가요

계는 약육강식의 판이란 걸 알아 둬!

마츠꼬 : 무개념 님, 예의는 세렝게티에 보내셨나요?

온리한얼 : 무개념, 아이디 추적해서 가만 안 둔다! 나 집요하고, 개념 없고, 뒤끝도 있다. 두고 봐!

무개념 : 팬질할 시간에 공부나 해라!

가디언 : 닥쳐!

본좌상민 : 아주 막장이시군. 무개념은 혹시 잭팟밴드 쪽?

그랑블루 : 무개념의 테러! 여러분, 침착합시다. 지금은 우리 오빠들만 생각해요. 모니터링 다시 해서 따질 건 따지자구요. 아무래도 무슨 음모가 있는 듯……

내 이름은 한세나, 아이디는 그랑블루. 완소 꽃미남으로 구성된 5인조 아이돌 그룹인 Big Bule Buddies, 즉 트리플B의 팬이다.

작년 한 해는 정말 열심히, 미친 듯이 팬클럽 활동을 했다. 그런 덕분인지 석 달 전부터 클럽 운영진의 공식 도우미가 되었다. 아직은 잔심부름 정도지만 내가 제일 막내니까 괜찮다. 오빠들을 위해서라면 아무리 허드렛일도 웃으며 할 수 있다.

어른들은 우리를 빠순이니, 막장 팬이니 부르며 무시하고 욕한다. 우리가 자기들한테 무슨 폐를 끼친 것도 아닌데 정말 웃긴다. 기분 나쁘지만 그런 건 다 참을 수 있다. 하지만 오빠들을 향한 우리의 사랑이 조롱받을 때는 정말 열 받는다. 그래서 우리는 똘똘 뭉쳐 오빠들을 지킨다. 새 음반이 나오면 음반 판매고를 높이기 위해 사재기, 가요 프로그램의 순위를 높이기 위해 전화는 물론, 게시판에 글 올리기는 기본이다. 방송이 있는 날은 최대한 좋은 자리를 확보해서 열렬한 환호로 분위기를 띄운다. 잘나가는 아이돌 뒤에는 팬의 열정이 있다. 웃고, 울고, 열광하고, 상처받는.

어제 가요 프로그램에서 우리 오빠들이 노래하는데 갑자기 마이크가 꺼졌다. 비록 잠시 동안이었지만 오빠들이 당황하는 모습이라니! 그 바람에 네오 오빠는 점프하다 발까지 헛짚을 뻔했다. 가까스로 옆에 있던 윤조 오빠가 잡아 줘서 넘어지진 않았지만 문제는 이 장면이 고스란히 전파를 탔다는 거다.

일부 아이들은 방송국 앞에서 시위라도 하자고 했지만 운영진에서 진정시켰다. 혹시 오빠들의 앞으로 활동에 좋지 않은 영향을 미칠까 봐서다. 언니들은 좀 더 조직적으로 대응할 필요가 있다고 했다.

그 문제로 카페가 어수선하다. 오늘 카페에 숨어 들어온 무개념인지 뭔지 하는 놈은 분명 남자다. 약육강식 운운하는 걸 보면 안다. 여자들은 그런 말을 잘 쓰지 않는다. 우리 회원도 아닌데 글을 쓴 걸 보면 제법 컴의 고수다. 회원들이 흥분하고 동요하지 않도록 앞으로는 잘 감시해야겠다.

　학원까지 빼먹어가며 전단지를 돌렸지만 그나마 매일 있는 일이 아니라 채 십만 원도 모으지 못했다. 그런데다 화보집이랑 이달의 사진을 사느라 출혈이 컸다. 마음이 급하기는 은수도 마찬가지인가 보다.

　"아, 미쳐. 오늘은 꼭 알바 구해야 되는데."

　"세나야, 우리 맥도날드 가 볼래?"

　"거긴 부모 동의서 가져가야 되잖아. 꾸질한 유니폼 입는 것도 싫고 매니저 잔소리도 짜증나."

　"까짓 부모 동의서야 후딱 만들면 되지. 그래도 악덕 사장 만나서 알바비 떼이는 것보단 낫다. 참, 저기 보쌈집에서도 서빙 구하던데?"

　"싫어, 식당은 얼굴 팔리잖아."

　"제길, 어지간히 따지네. 그럼 넌 계속 전단지나 돌려."

　사실 이것저것 고를 형편이 아니다. 트리플B 오빠들의 공식 팬미팅이 바로 다음 주니까. 엄마가 주는 용돈은 음료수값밖에는 안 된다. 3단 케이크랑 현수막, 꽃다발 같은 건 팬클럽 회비로 해결될 테지만 그 외에 풍선이나 야광봉, 클럽 셔츠처럼 자질구레한 걸 준비하는 데도 꽤 돈이 든다.

그 중에 제일 신경 쓰이는 건 네오 오빠의 생일 선물이다. 팬미팅에서 깜짝 생일 파티를 하기로 했으니 빈손으로 갈 수는 없다. 마음 같아서는 오빠가 정말 좋아할 만한 선물을 하고 싶다. 작년에 은수는 6개월 알바를 해서 시계를 선물했다. 네오 오빠의 손목에서 그 시계를 발견하고 속이 뒤집어졌던 기억이 아직 생생하다. 천 마리 종이학이나 곰 인형, 십자수 초상화 같은 건 솔직히 민폐. 노트북이나 명품 가방까지는 아니더라도 너무 허접스러운 건 오빠가 거들떠보지도 않는다.

"너 귀 또 뚫었어?"

은수 귀에 피어싱이 늘었다. 세어 보니 귓바퀴를 따라 각각 3개씩이다.

"너도 더 뚫어."

"됐어. 우리 아빠 혈압 올라 돌아가셔. 이거 하나 뚫은 것도 엄마 덕분에 겨우겨우 넘어갔잖아."

"쳇, 유난 떨기는. 재수 없이 범생이 흉내 내냐?"

은수는 같은 학교는 아니지만 오빠들 때문에 알게 된 사이다. 둘이 만나면 맘껏 오빠들 얘기를 할 수 있어서 좋다. 은수는 나보다 키도 작고 왜소해서 다들 중1 정도로 보지만 만만히 대했다가는 제대로 걸리는 거다. 은수는 세상에 겁나는 게 없는 깡순이다. 간혹 너무 거칠게 굴 땐 좀 창피하기도 하지만 그래도 은수랑 같이 있으면 든든하다.

"세나야, 일요일에 갈 거지?"

트리플B 오빠들이 지방 공연을 마치고 올라온다. 도착 예정 시간은 밤 11시인데 이건 어디까지나 예정이다. 자정을 넘길 수도 있고 새벽이 될 수도 있다.

"꼭 가고 싶은데 장담은 못 하겠어. 요즘 아빠가 경계 태세에 들어갔거든."

"네가 언제부터 아빠 눈치보고 다녔냐?"

"내 말이, 갑갑해 죽겠어. 넌 괜찮아?"

"쳇, 우리 엄만 나 포기했대. 내 맘대로 살라더라."

"난 아빠랑 말이 안 통해 미치겠어. 이젠 더 이상 엄마한테 맡기지 않고 직접 날 교육하시겠다나 뭐라나."

아빠는 곧바로 행동으로 옮겼다. 내 방 벽을 도배하고 있던 트리플B 오빠들의 브로마이드를 몽땅 떼서 벅벅 찢어 버렸다. 보란 듯이 내 앞에서. 샤방샤방한 네오 오빠의 얼굴이 찢겨 나갈 때는 내 맘도 함께 찢어질 것 같았다.

더 심각한 문제는 아빠와 나 사이에서 완충제 역할을 해 주던 엄마의 배신이다. 엄마는 십대 때부터 조용필의 팬이었다.

요즘도 조용필의 콘서트가 있으면 열 일 제치고 쫓아간다. 조용필의 노래는 엄마가 십대 시절로 돌아가는 마법의 주문 같은 것이다. 그러니까 오빠부대였던 엄마와 나는 빠순 동지이고 당연히 엄마는 여태껏 나의 팬질에 너그러웠다.

그런데 엄마가 내게 나쁜 물을 들였다는 아빠의 말을 듣고 대판 싸운 뒤부터 노골적으로 아빠에게 동조하고 있다.

"명심해. 오빠 노래 가사 외우는 것보다 수학 공식, 영어 단어가 더 큰 힘을 발휘할 때가 곧 와."

2

휴대폰이 계속 진동했다. 보나마나 집이다. 문자가 줄줄이 들어왔다. 12시가 넘었는데 오빠들은 오지 않고 엄마 아빠가 보낸 문자의 협박 수위는 점점 높아지고 있다. 하지만 지금까지 추위에 떨며 기다린 게 아까워서라도 돌아갈 수 없다.

"으으으, 더럽게 춥네."

"우리 컵라면이라도 먹고 오자."

"그새 오빠들 오면?"

"에잇, 독한 것. 내가 가서 사갖고 올 테니까 넌 여기 있어.

오빠들 밴 보이면 바로 문자 쳐."

은수가 길 건너 편의점으로 뛰어가는 걸 보며 나는 목도리를 코까지 올렸다. 찌질하게 콧물이 자꾸 흘렀다. 훌쩍일 때마다 머리가 띵하게 울렸다. 날이 많이 풀릴 거라는 엉터리 일기예보를 믿은 내가 바보지. 오리털 파카 생각이 간절하다. 그나마 목도리가 없었으면 지금까지 견디지 못했을 거다.

은수가 양손에 컵라면을 들고 조심조심 걸어왔다. 뚜껑 틈새로 하얀 김이 올랐다.

"씨, 뜨거워 죽을 뻔했네."

은수가 화단 턱에 컵라면을 내려놓으며 투덜댔다. 나는 얼른 두 손으로 컵라면을 감쌌다. 따뜻한 기운이 손바닥에 전해졌다. 면이 익을 때까지 기다리다간 다 식어 버린다. 더구나 라면 냄새 풍기면서 오빠들을 만날 수는 없다. 은수와 나는 요란스럽게 라면을 먹기 시작했다.

오빠들의 숙소는 7층짜리 붉은 색 건물 두 동이 마주 보고 있는 빌라다. 입구에는 경비실이 있고 건물 사이에 주차장과 작은 화단이 있다. 화단에 꽃이 있었는지 어쩐지 기억이 나지 않지만 어쨌든 지금은 흙밖에 없다. 볼품없는 화단은 오빠들을 기다리는 우리들의 의자가 되기도, 식탁이 되기도, 가끔은 무대가 되기도 한다. 이유는 단 하나, 5층 오빠들의 창문 바로 아래이기 때문이다.

난 숙소에 올 때마다 경비 아저씨에게 음료수를 사다 바치고 인사도 꼬박꼬박 했다. 하지만 아저씨는 우리만 보면 도끼눈을 뜨고 잔소리를 한다. 소리 지르지 마라, 쓰레기 버리지 마라, 춤추지 마라, 몰려 서 있지 마라, 뛰지 마라, 집에 가라……. 지나다니는 동네 사람들도 하나같이 혀를 차며 고개를 내젓는다. 한 마디로 우리는 동네북이다.

컵라면의 온기는 얼마 가지 않았다. 온몸이 부들부들 떨릴 만큼 춥다. 은수가 따라오라 눈짓을 하더니 빌라 모퉁이를 돌아 셔터가 내려진 가게 옆에 쪼그리고 앉았다.

"차 소리 들리면 금방 뛰어가면 돼. 이리 와 봐."

"노숙자 같이 신문이라도 덮어 줄까?"

"계집애, 까탈스럽긴."

은수가 호주머니에서 담배를 꺼냈다. 한 손으로 바람을 막으며 일회용 라이터로 불을 붙였다. 한 모금 빨아들이고 연기를 내뱉는 동작이 아주 능숙하다. 은수가 담배 한 대를 빼서 내밀었다.

"자, 좀 덜 추울 거야."

"나 담배 끊었는데……."

나는 은수의 손가락 끝에서 빨갛게 타 들어가는 담뱃불을 보며 말꼬리를 흐렸다.

호기심에 딱 한 번 피워 본 적이 있지만 별로 좋은 기억은 아니다. 머리가 띵해지고 목이 매캐해서 기침만 나왔다.

은수가 피식 웃더니 피던 담배로 불을 붙여 내밀었다. 나는 하는 수 없이 받아서 입에 물었다. 은수가 내 얼굴에 담배 연기를 훅 뿜어내며 말했다.

"뭐야, 물고만 있네. 너 처음이지?"

"아냐, 천식이 있어서 끊었다니까. 에잇, 딱 한 대쯤이야 괜찮겠지 뭐."

나는 너스레를 떨며 한 모금 빨아들였다. 가슴 가득 연기가 들어찬 것 같았다. 은수가 내 등을 툭 치며 웃음을 터뜨렸다.

"야, 뭐 좋은 거라고 연기를 몽땅 삼키냐?"

나는 가까스로 기침을 참으며 연기를 내뱉었다. 우리는 쭈그리고 앉아 담배 연기를 뿜어대며 킬킬거렸다.

갑자기 손전등의 불빛이 우리 둘을 비추었다.

"머리에 피도 안 마른 것들이!"

골목이 쩌렁쩌렁 울렸다. 빌라의 경비 아저씨다. 우리는 얼른 담뱃불을 비벼 끄고 일어났다. 아저씨는 작정한 듯 호통을 치기 시작했다.

"너희 부모들은 이러고 다니는 걸 알아? 하기야 이 시간까지 밖에서 노닥거리는 놈들이니 안 봐도 뻔하지."

"에이 씨, 재수 없게."

은수가 바닥에 침을 탁 뱉으며 중얼거렸다.

"뭐야? 너 방금 뭐랬어!"

"재수 없다 그랬어요. 뭐 잘못됐어요?"

"요 쥐방울만 한 게 어른한테 대들어?"

"우리가 담배를 피우든 외박을 하든 도대체 아저씨가 뭔 상관인데? 자기 자식들 가정교육이나 잘 시킬 것이지."

나는 어떻게든 이 자리를 빨리 벗어나고 싶은 마음에 아저씨에게 굽실거렸다.

"아저씨, 죄송합니다. 갈게요. 이제 가려고 했어요."

때마침 차 소리와 우르르 뛰어가는 아이들의 소리가 들렸다. 오빠들이다! 나는 은수를 잡아끌고 빌라를 향해 뛰었다.

매니저가 아이들을 밀치고 차 문을 열었다. 윤조 오빠에 이어 네오 오빠와 한얼, 시영, 상민 오빠가 내렸다. 우리는 소리를 지르며 오빠들을 둘러쌌다. 오빠들한테서 술 냄새가 났다. 네오 오빠는 모자를 깊숙이 눌러써서 입술과 턱밖에 보이지 않았다.

갑자기 뒤에서 찢어지는 듯한 호루라기 소리가 났다.

"여보쇼!"

경비 아저씨가 식식대며 오빠들을 불러 세웠다. 매니저가 앞으로 나섰다.

"무슨 일이죠?"

"오늘은 밥줄 떨어질 각오하고 할 말은 해야겠소. 도대체 남들 다 자는 밤중에 이게 뭐요? 다른 주민들 생각도 해야지. 나만 중간에서 미칠 노릇이요."

매니저가 오빠들에게 들어가라 손짓을 하며 건성으로 대꾸했다.

"내일 얘기하죠."

"댁들 만나기가 쉬워야 말이지. 좀 봐요! 구석마다 쓰레기에 라면 국물, 담배꽁초 수북하고 술병까지 굴러다녀. 이거 원, 손녀뻘밖에 안 되는 놈들이 박박 대들지를 않나! 이래서야 되겠소?"

매니저의 얼굴이 험악하게 굳어졌다.

"누구야?"

나는 움찔하며 경비 아저씨의 눈에 띄지 않으려고 한 발 뒤로 물러서 아이들 사이에 묻혔다. 은수는 어디 있는지 보이지 않았다. 어느새 오빠들은 다 들어가 버렸다. 3초 땡! 속상해 죽겠다. 오빠들과 말 한 마디 나눠 볼 사이도 없었다.

매니저가 주먹을 휘두르며 짜증스럽게 소리를 질렀다.

"이사해 온 지 석 달밖에 안 됐어. 여기서도 쫓겨나야겠어? 이러니 너희들이 꼴통 빠순이 소리를 듣는 거야!"

"너무해요!"

"우리가 뭘 그렇게 잘못했다고 그래요?"

"저 술병은 우리 오기 전부터 있었어요."

"우리는 갈 때 꼭 쓰레기 줍는단 말이에요."

우리는 저마다 한 마디씩 하며 웅성거렸다.

"가, 가라고!"

매니저가 옆에 서 있던 아이들을 밀치기 시작했다. 로드 매니저도 합세했다. 나는 매니저의 무지막지한 힘에 중심을 잃고 넘어졌다. 매니저는 미안하단 말은 않고 도리어 욕지거리를 했다. 우리는 모두 길바닥으로 내쳐졌다.

손바닥이 까져 따가웠다. 하지만 그보다 마음이 더 아팠다. 평소에도 친절하고는 담쌓은 매니저였지만 오늘은 좀 심했다.

나는 매니저와 팬은 한편이라고 생각했다. 오빠들을 사랑하고 보호하는. 간혹 매니저들에게 폭행을 당하는 팬들이 있다는 말을 들었지만 믿지 않았다. 그런데 오늘 보니 전혀 헛소문만은 아닌 것 같다.

그나저나 은수는 어디 갔지?

3

밤새워 준비를 끝냈다. 오빠들의 눈에 띄려면 플래카드 한 장도 소홀히 만들 수 없다. 군더더기 없이 선명하게, 그러면서 도 촌스럽지 않은 감각을 보여 줘야 한다. 각각의 파랑색 색지 에 트리플B 멤버 다섯 명의 이름을 오려 내 노랑색으로 덧대어 하드보드에 붙였다. 네오 오빠를 위한 카드는 특별히 신경 써 서 코팅까지 했다.

알바로 모은 돈을 몽땅 털어 백화점에서 산 모자를 포장했 다. 모자는 네오 오빠가 즐겨 입는 브랜드의 것이다. 해골과 꽃 그림이 뒤섞여 그려져 있는데 디자이너가 직접 그려 넣은 것이 라 한정판이다. 가격표를 보고 기절할 뻔했지만 아깝다는 생각 은 들지 않았다.

귀 옆에서 모닝콜이 울렸다. 새벽 5시다. 생각이 끼어들 틈 도 없이 반사적으로 눈이 떠졌다. 침대에 몸을 누인 시간은 두 시간 남짓, 그나마도 깊이 잠들지 못하고 몇 번이나 일어나 시 간을 확인했다. 몸은 꼼짝할 수 없이 피곤했지만 머릿속은 말 똥말똥하다.

엄마 아빠가 일어나기 전에 집을 빠져나왔다. 노는 토요일이라 아빠가 못 나가게 지킬 테니 어쩔 수 없다. 나는 커다란 쇼핑백을 들고 채 어둠이 걷히지 않은 새벽길 위에 섰다.

건물 지하로 내려가는 좁은 계단은 어두컴컴했다. 나는 조심스럽게 문을 밀었다. 퀴퀴한 냄새가 훅 끼쳤다.

팬클럽 사무실은 서너 평 남짓한 창고를 빌어 꾸민 곳이다. 사무실의 벽은 거울이 걸린 자리를 제외하곤 온통 트리플B의 사진으로 빼곡하다. 폐업하는 분식집에서 얻어 온 탁자와 플라스틱 의자들, 포터블 시디 카세트, 휴대용 가스버너와 주전자, 구석에는 접이식 간이침대가 있다. 사무실이라기보다는 그냥 팬들의 아지트인 셈이다.

날이 날인지라 사무실은 발 디딜 틈 없이 어질러져 있었다. 수북이 쌓아 놓은 클럽 셔츠와 봉투에 가득 든 파랑색 풍선, 피켓과 플래카드, 먹다 남은 과자 부스러기와 음료수 깡통이 여기저기 널브러져 있었다.

"세나야, 김밥 좀 사와. 밤샜더니 배고파 죽겠다."

운영진 언니들이 보자마자 심부름을 시켰다.

"컵라면도."

"난 커피."

난 속으로 한숨을 삼키며 겉으로는 웃었다. 구석에 슬그머니 쇼핑백을 내려놓고 나가려는데 회장 언니가 불러 세웠다.

"돈 가져가야지."

"돈 있어요."

"언니, 세나가 한턱 쏘려나 봐. 그냥 냅둬."

"자, 가져가."

회장 언니는 대학생이다. 언니는 우리 엔젤들 사이에서 전설적인 존재다. 소문에는 트리플B 오빠들과 같은 기획사의 연습생이었다는 말도 있고 윤조 오빠와 사귄다는 소문도 있다. 언니가 연재하는 팬픽션도 인기 절정이다. 매니저조차 말발 세고 카리스마 넘치는 언니에게는 함부로 하지 못한다. 무엇보다 아이돌은 초딩, 중딩들이나 좋아한다는 어른들의 고정관념을 언니가 깼다는 게 통쾌하다.

"세나야, 너도 같이 먹자."

역시 회장 언니다. 언니의 한 마디가 마냥 고맙기만 하다. 김밥과 라면을 깨끗이 비운 회장 언니가 담배를 꺼내 물었다.

"식후 한 대, 이걸 못 끊어서 말이야. 넌 배우지 마."

회장 언니가 길게 연기를 내뿜으며 나를 보고 싱긋 웃었다. 어두운 구석에 쪼그리고 앉아 빠끔거리던 은수와 달리 언니는 당당했다. 허공을 향해 연기를 뿜는 언니의 모습이 멋있어 보였다.

총무 언니가 거울을 들여다보며 투덜거렸다.

"아, 다크써클 좀 봐. 우리 찜질방 가서 눈 좀 붙이자."

"세나 넌 여기 정리하고 12시까지 행사장으로 와. 준비해야
되니까 절대 늦으면 안 돼. 짐 다 챙겨 오는 거 잊지 말고."

"나 혼자요?"

"곧 애들 올 거니까 같이 가져오면 되잖아."

언니들이 우르르 빠져나가자 난장판인 사무실에 나만 남았
다. 나는 포터블 시디 카세트를 틀었다. 부드럽고 경쾌한 오빠
들의 목소리가 흘러나오자 금세 기분이 좋아졌다.

Hey, yo! Put your hands up up up!
환상의 파라다이스,
우리들의 이야기를 들어 봐.
Hey, yo yo…….

어질러진 탁자 위에 담배와 일회용 라이터가 있었다. 회장
언니가 급히 나가다 두고 간 모양이다. 나는 거울 앞에 서서 담
배를 한 대 꺼내 물었다. 노래에 맞춰 가볍게 몸을 흔들었다.

거울에 비친 내 모습이 마음에 들었다. 귀에서 반짝이는 은
귀고리와 검정색 비니, 삐딱하게 문 담배가 묘하게 잘 어울렸

다. 마치 뮤직비디오를 찍고 있는 듯한 기분이다.

"흐흠, 좀 더 리얼하게."

나는 담배에 불을 붙였다. 거울을 향해 싱긋 웃으며 허공에 대고 연기를 뿜었다. 회장 언니가 그랬던 것처럼. 담배 때문인 지, 노래 때문인지 몸이 붕붕 뜨는 듯이 가벼웠다. 전처럼 목이 매캐하지도 않고 기침이 나오지도 않았다. 나는 담뱃갑과 라이터를 호주머니에 집어넣었다.

11시가 다 됐는데 사무실에 나타난 건 고작 세 명뿐이다. 보나마나 다들 새벽부터 행사장 앞에서 진을 치고 있을 거다. 작년까지만 해도 나도 그 중에 한 명이었지. 운영진과 도우미는 줄을 서지 않아도 된다. 역시 감투란 좋은 것이다. 약간의 봉사와 희생이 따르긴 하지만.

"진짜야, 내 친구가 영화관에서 봤대. 둘 다 모자 푹 눌러쓰고 선글라스까지 꼈는데도 금방 알아봤대."

"와우, 미치겠네. 감히 네오 오빠를 건드려!"

네오 오빠가 신인 탤런트 허브랑 사귄단다. 교복 광고를 찍을 때 하도 다정해 보여서 둘 사이가 의심받은 적이 있다. 그 후로 허브는 홈페이지가 폐쇄될 정도로 괴롭힘을 당했다. 둘은 절대 아니라고 딱 잡아뗐고 서서히 잊혀 가고 있었던 일이다.

"잘못 봤겠지. 네오 오빠가 아니라고 했잖아."

네오 오빠는 거짓말쟁이가 아니다. 믿고 싶지 않다.

"증거가 있다니까. 내가 밤새워 네오 오빠랑 허브 사진 대조 작업을 벌였단 말씀."

"그래서 뭘 찾았어?"

"커플링!"

"에이, 비슷한 반지가 어디 한둘이야?"

얼마나 기다려온 날인데 김새고 싶지 않다. 차라리 일찌감치 행사장으로 가서 실컷 수다나 떠는 게 낫겠다.

꼬리를 문 줄이 건물을 한 바퀴 감고도 계속 이어졌다. 일본, 대만, 중국에서 온 팬들도 있었다. 역시 오빠들의 인기란! 흐뭇하고 뿌듯했다. 3단 케이크와 꽃다발이 배달되고 파란색 풍선과 오빠들의 얼굴이 그려진 대형 현수막이 걸렸다. 새로 맞춘 클럽 셔츠를 입은 팬들이 자리에 앉자 행사장 안은 온통 파란 물결이다.

그런데 시작이 가까워 올수록 팬들이 술렁이기 시작했다. 이유는 네오 오빠와 허브 때문이었다. 누군가 둘의 데이트 장면을 몰래 찍은 동영상을 인터넷에 올렸다는 것이다. 네오 오빠가 또다시 스캔들에 휩싸이기 전에 어떤 조치가 필요했다. 회장 언니는 즉석에서 우리에게 약속했다. 행사 중에 공개적으로 물어보고 오빠에게 직접 대답을 듣자고. 그제야 나는 못내 꺼림칙하던 마음을 털어 냈다. 이제 마음껏 즐길 일만 남았다.

"와우! 여러분, 우리 한배를 탄 것 맞죠?"

네오 오빠의 재치 있는 말이 끝나자 트리플B 멤버들이 모두 무대로 뛰어나왔다. 떠나갈 듯한 환호와 비명 속에 드디어 팬 미팅이 시작되었다.

4

엄마가 책상 위에 내팽개친 건 분명 내가 꼭꼭 숨겨 놓은 담배와 일회용 라이터다.

"이, 이거! 내 거 아냐, 진짜 아니야. 아는 언니 건데 그냥 가지고만 있었던 거야."

펄쩍 뛰며 부인하는 나를 엄마는 팔짱을 낀 채 노려보았다. 허술한 거짓말이 통할 낌새가 아니다.

"솔직히 딱 한 번, 아니 세 번쯤 피웠어. 그냥 재미로 장난삼아 피워 본 거야. 그게 다야."

"그냥, 재미로, 장난삼아? 너한테 정말 실망이다!"

"다시는 안 피우면 되잖아. 그러니까 아빠한테는 말하지 마, 제발."

"아빠도 알아."

엄마가 냉정하게 돌아서며 말했다. 표정으로 보아 무지 참고 있는 거다. 늘 배경음악으로 깔리던 조용필의 노래도 들리지 않았다. 저녁 준비도 하지 않고 공포 분위기를 조성하고 있다. 에잇, 까짓 맞아 죽기야 하겠어! 아빠가 퇴근하면 한바탕 난리가 나겠지만 이번에도 적당히 둘러대고 비굴 모드로 손바닥 싹싹 비비면서 슬쩍 넘어가면 되겠지.

나는 카페에 접속했다. 네오 오빠의 스캔들, 아니 열애설로 카페는 벌집 쑤셔 놓은 꼴이다. 팬미팅에서 네오 오빠가 허브와 사귄다고 말하던 순간을 생각하면 지금도 팔에 소름이 쫙 돋는다.

순진한 네오 오빠에게 꼬리를 친 여우를 그냥 둘 수는 없었다. 팬미팅 후, 허브의 홈페이지는 또 폐쇄됐지만 허브를 향한 각종 의혹과 비방과 악플은 계속되었다. 물론 나도 한몫하고 있는 중이다. 나는 허브의 중학교 동창 사이트를 뒤져 좀 놀았던 과거를 들춰내 퍼뜨렸다. 오직 하나, 하루빨리 네오 오빠의 눈에 붙은 콩깍지가 떨어져 나가기를 바라는 마음에서다.

이런! 아빠가 들어오는 소리를 미처 듣지 못했다. 얌전히 반성하는 모습을 보여 줘야 하는데 이미 한 발 늦었다. 떨어질 듯

문짝을 박차고 들어선 아빠를 보는 순간, 머릿속에서 사이렌이 울렸다. 비상계엄령이다!

아빠는 다짜고짜 내 앞에 놓인 키보드를 빼앗아 바닥에 내동댕이쳤다. 모니터도 박살이 났다. 다음은 내 차례겠지 생각한 순간 뺨에 엄청난 충격이 가해졌고 눈앞이 노래지며 현기증이 났다.

"못된 놈!"

딱 한 마디를 남기고 아빠는 집을 나가 버렸다. 뭐야, 이건 아빠의 스타일이 아닌데! 밤새 꿇어앉혀 놓고 훈계와 잔소리를 퍼부어야 하는데 너무 빨리 끝나 버렸다. 그런데 좋기는커녕 어쩔 줄을 모르겠다. 아빠가 상처받았나 보다. 나 때문에……

이 상황에도 엄마는 계속 침묵을 지키고 있다. 나를 압박하려는 고도의 심리전인 걸 알면서도 신경 쓰여 죽겠다. 화내고 때리고 구박하면 속이 시원하겠다. 나는 구석에 쪼그리고 앉아 엄마가 화를 내기를, 아빠가 들어오기를, 그리고 여느 때처럼 하루가 지나가기를 기다렸다.

12시가 넘었다. 1시가 넘었다.

별안간 전화벨이 울렸다. 그리고 엄마가 뛰어나가는 소리가 들렸다. 나는 베란다로 나가 밖을 내려다보았다. 엄마가 저만치 허둥지둥 뛰어가는 모습이 보였다. 입은 옷 그대로다. 가슴이 두근거렸다. 분명 아빠에게 무슨 일이 생긴 거다!

나는 엄마를 따라 잡으려고 뛰었다. 어린이집을 지나 큰길 쪽으로 갔는데 보이지 않았다. 가게들은 거의 문을 닫았고 지나는 차도 별로 없다. 이대로는 집으로 돌아갈 수가 없다. 무작정 걸었다. 길을 건너 모퉁이를 돌아서는데 귀에 익은 목소리가 들렸다.

"제기랄!"

"으이그, 제발 정신 좀 차려요!"

엄마와 아빠였다. 아빠는 술에 취해 제대로 몸을 가누지 못했고 엄마는 아빠를 부축하느라 쩔쩔맸다. 경찰서 앞마당도 벗어나지 못하고 아빠는 그 자리에 퍼질러 앉았다. 그러고는 호주머니에서 담뱃갑을 꺼내 내동댕이치며 고래고래 소리를 지르기 시작했다.

"내 딸이요, 요 담배를 피운단 말씀이야! 또 그 뭐야……아, 아이돌 오빠들! 그 오빠들이라면 아주 사족을 못 써. 부모 속이 썩어 문드러지든 말든 밤이고 낮이고 오빠, 오빠, 오빠……."

"어휴, 조용히 해요. 내가 미쳐!"

말리던 엄마가 아빠를 두고 다시 경찰서 안으로 들어갔다. 잠시 후, 함께 나온 경찰관과 엄마가 아빠를 부축해 일으켰다.

비틀거리며 뿌리치는 아빠와 실랑이가 벌어졌다.

"이거 놔! 나 안 취했어."

"아저씨, 집까지 모셔다 드릴 테니 일어나세요."

"나 멀쩡해. 멀쩡하다고!"

아빠는 아예 길바닥에 드러누웠다. 저렇게 망가진 아빠의 모습은 처음이다. 나도 모르게 아빠에게로 뛰어갔다.

"어이, 우리 딸!"

"아빠……."

노려보고 있던 엄마가 갑자기 미친 듯이 달려들어 날 때리기 시작했다. 경찰관 아저씨가 말려도 막무가내였다.

"다 같이 죽자 죽어! 나도 참을 만큼 참았어. 공부 내팽개치고 아이돌인지 트리플인지 따라다녀도 그저 사춘기 한때거니, 새벽이고 밤이고 겁 없이 싸돌아다녀도 말리면 오히려 더 반항할까 봐 두고 보기만 했어. 그냥 취미가 과하다 그 정도로만 생각하고 널 믿었다. 그런데 끼리끼리 어울려 다니면서 담배까지 피운다니, 또 뭔 짓을 했어?"

"엄마는…… 엄마는 날 이해하는 줄 알았는데……."

"이해? 뭘 이해해! 도대체 그깟 연예인이 뭐라고 네 인생을 갖다 바쳐? 부모 가슴에 못 박고 네 귀중한 시간과 자존심과 미래까지 희생하고 쫓아다녀야 할 가치가 있는지 생각해 봐!"

나는 엄마의 주먹을 피하지 않고 고스란히 맞았다. 그냥 그래야만 할 것 같았다.

5

자리에 앉자마자 영미가 호들갑을 떨었다.

"허브 자살했대."

"뭐?"

"허브가 어젯밤에 자살했다고. 버스 타고 오다 들었어."

'자살'이라는 말이 내 귀를 통해 들어와 뇌에 전달되는 순간, 모든 감각이 일시 정지되는 것 같았다.

"수면제 과다 복용인가 뭐 그렇대. 빨리 발견해서 다행히 목숨은⋯⋯."

"살았대?"

"그게 아직은 잘 모른다더라. 경과를 좀 더 두고 봐야 한대."

"계집애야, 자살이라고 해서 깜짝 놀랐잖아!"

"위독하다니까 진짜 자살이 될지, 자살 기도로 끝날지 누가 알아?"

자살 기도와 자살은 하늘과 땅 차이다. 결과적으로 사느냐

죽느냐니까. 정말 죽으려고 했는지, 아니면 단순한 실수였는지, 쇼였는지 의도를 알 수 없지만 그냥 해프닝 정도로 끝났으면 좋겠다.

"얼마 전에 허브 스캔들 터졌잖아. 트리플B 팬들이 협박 편지하고, 매일 문자로 욕하고, 악플 달고, 별별 헛소문까지 퍼뜨려서 무척 괴로워했대. 그래서 수사 중이라던대."

"수사?"

"있잖아, 사이버 수사대. 트리플B 빠순이들 이제 큰일 났다. 참, 너도?"

"씨, 우리가 뭐 어쨌다고……."

시커먼 그림자가 나를 향해 한 걸음씩 다가오는 느낌이다. 밥도 넘어가지 않고 수업을 알아들을 수도 없었다. 아이들이 내 이름을 부를 때마다 소스라치게 놀라 돌아보았다. 싸늘한 날씨인데도 등에선 온종일 식은땀이 흘렀다.

수업을 마치자마자 피시방으로 갔다. 마땅히 근신해야 하지만 어쩔 수가 없다. 망가진 내 컴퓨터는 당분간 복구가 어려울 테고 아빠의 화가 다 풀릴 때까지 기다리기엔 상황이 급박했으므로.

검색창에 '허브'를 치자 자살 기사가 줄줄이 떴다. 분노한 허브의 가족과 기획사는 정식으로 수사를 의뢰하고 절대 용서하지 않겠다고 했단다. 페이지를 넘기자 내가, 우리가 올린 글과 사진들이 떴다. 얼마나 여기저기 퍼 날랐는지 엄청난 양이다. 내가 진실이라고 믿었던 모든 것들이 갑자기 애매모호해졌다. 지금 생각하면 하나도 확인된 사실이 아닌 대부분이 '카더라' 통신이다.

설마 날 찾아낼까? 괜히 겁만 주는 거겠지? 며칠 지나면 흐지부지될 게 틀림없어……. 팬클럽 사무실에 가 보고 싶어도 갈 수가 없다. 잠복 중인 경찰에 잡힐 수도 있다. 집으로 날 잡으러 올까? 차라리 집에서 잡히면 좋겠다. 학교에서 전교생이 보는 앞에서 수갑이 채워져 끌려가는 것보다는. 불안한 마음은 온갖 시나리오를 만들며 스스로를 괴롭혔다.

네오 오빠가 허브의 병원에 다녀간 사진이 막 인터넷에 떴다. 검은 선글라스 속에 감춰진 얼굴이 딱딱하게 굳어 있다. 오빠는 우리를 원망하고 있겠지?

문득, 한동안 연락이 끊긴 은수가 떠올랐다. 몇 번 전화를 했지만 받지 않고 카페에서도 은수의 흔적이 사라졌다. 괜히 께름칙한 생각이 들어 더 이상 찾지 않았는데 지금은 누구보다 은수를 만나고 싶다. 나는 은수에게 문자를 보냈다.

잠수?

궁금해 죽겠다.

바로 연락해 줘!

저장해 두고 계속 보냈다. 딱 열 번째 만에 은수의 답이 왔다. 나는 피시방에서 나와 약속한 맥도날드로 향했다.

은수는 맥도날드 이 층 구석에 턱을 고이고 앉아 손가락으로 탁자에 낙서를 하고 있었다. 나는 일부러 털썩 소리를 내며 맞은편 의자에 앉았다. 은수가 심드렁한 얼굴로 고개를 들었다.

"야, 왜 그렇게 연락이 안 돼?"

은수는 대답 대신 피식 웃었다. 왠지 머쓱해진 나는 은수 앞에 놓인 콜라를 벌컥벌컥 들이켰다.

"갑자기 연락을 끊어 버리면 걱정되잖아."

"우린 서로 필요에 의해 만난 사이 아니었어?"

"필요? 무슨 소린지 도통 모르겠네. 빙빙 돌리지 말고 말해."

"이제 트리플B 빠순이 그만 하려고. 그게 다야."

"혹시 허브 자살 사건 땜에?"

"아냐."

은수가 딱 잘라 아니란다. 좋겠다, 이번 사건이랑 아무 상관 없어서. 며칠 전만 해도 이런 말을 했다면 배신자라고 몰아붙

였을 텐데.

"이유나 알자."

"그냥 머리 풀어헤치고 클릭질 하는 것도 지겹고, 꼴통 취급 받는 것도 지겹고, 무엇보다 오빠들이 지겨워져서 말이야. 애정이 식고 나니까 남는 게 없네."

"너 누굴 바보로 알아? 갑자기 지겨워진 이유가 있을 거잖아."

"하늘에서 반짝이던 별이 막상 내 눈 앞에 떨어졌을 땐 그냥 돌덩이일 뿐이라는 걸, 그 별이 유독 빛나 보인 건 깜깜한 어둠 때문이었다는 걸 알았다고나 할까."

"쳇, 이제 보니 문학소녀였네."

나의 비아냥거림에도 은수는 화를 내지 않았다. 꽈배기처럼 꼬아 댔지만 은수가 무슨 말을 하고 싶은지 어렴풋이 알 것 같다. 선생님은 물론 부모조차 포기했다는 은수. 그래서 은수는 더 오빠들에게 집착했는지 모른다.

"담배 피우다 경비 아저씨에게 들킨 날 말이야. 경비 아저씨랑 매니저랑 실랑이하는 동안 오빠들은 숙소로 올라갔어."

"알아, 너 그때 어디 갔었어?"

"내 눈치가 백단이잖아. 오빠들보다 한 발 먼저 엘리베이터에 타고 있었지. 나 혼자 오빠들을 차지할 수 있는 절호의 기회였으니까. 난 오빠들이 날 알아볼 줄 알았어. 그동안 어지간히 따라다녔잖아."

"못 알아봐?"

"응, 그냥 같은 빌라에 사는 애라고 생각하더라."

"너 섭섭했겠네? 비싼 선물도 했는데."

"팬들은 많으니까. 선물 갖다 바치는 우리 같은 애들 말이야. 거기까진 이해할 수 있었어. 그런데 자기네들끼리 막 떠드는 거야. 그때야 알았어. 오빠들도 다른 어른들이랑 똑같다는 걸. 우린 오빠들한테조차 개념 없는 생날라리에 꼴통 빠순이였던 거야. 우리가 필요악에 물귀신이고 하나 더, 아주 징그럽대."

"설마 오빠들이……."

"판타지는 여기까지! 잘 살아."

나 혼자 덩그러니 남았다.

때마침 트리플B의 노래가 흘러나왔다.

I love you baby, and I'm never gonna stop!
난 여기 있어.
뒤를 돌아봐. 너무 멀리 가지 마.
너밖에 없는 난 아직 널 기다리고 있어.
내게 돌아와…….

야간비행

1

빌어먹을!

창문이 없다. 냉·온방 기능과 최첨단 공기 정화 시스템을 갖춘 큐브 속에선 비가 오는지, 바람이 부는지, 밤인지, 낮인지 알 수 없다. 미칠 듯이 답답하다. 언제부터인지 정확하게 기억나진 않지만 증세는 조금씩 심해지고 있다. 가슴이 두근거리고 식은땀이 흘렀다. 나는 벌떡 일어서며 말했다.

"잠깐 화장실에 다녀올게요."

선생님은 허락 대신 내 공책을 들추어 보았다. 달랑 한 문제, 그것도 풀다 말았다. 선생님이 못마땅한 얼굴로 내 어깨를 눌러 다시 의자에 앉혔다. 울컥 뜨거운 것이 치밀었다. 수학시간이 끝나려면 아직 40분이나 남았다.

나를 뺀 나머지 다섯 명은 모두 공책에 얼굴을 처박고 있다.

만약 이 반에서 내가 도태된다면 저 애들은 무슨 생각을 할까? 1년 넘게 함께 공부했지만 서로 이름만 겨우 알 정도다. 우리는 경쟁자, 그 이상도 이하도 아니다. 젠장, 선생님이 계속 나를 주시하고 있다.

수학시간이 끝나자마자 복도로 뛰어갔다. 창문을 열고 손을 내밀었다. 깊게 심호흡을 했다. 손끝에 스치는 차가운 공기가 팔을 타고 천천히 몸 속으로 흘러들었다. 부디 물리시간에는 공부에 집중할 수 있었으면 좋겠다.

새벽 1시, 드디어 길고 긴 하루가 끝났다.

나는 학원 건물에 길게 늘어뜨려진 현수막을 올려다보았다. 교실까지 계속 들려오던 희미한 소리, 마치 금방이라도 숨이 넘어갈 듯이 할딱거리던 소리의 정체를 드디어 알았다. 아래위로 양 귀를 팽팽하게 묶어 놓은 현수막이 바람을 맞아 얕게 팔락거리는 소리였다.

고예령, 현수막 제일 아래에 내 이름이 있다. '특수 목적 고등학교'에 합격한 몇몇 이름들과 더불어 나는 학원의 자랑이자 선전의 도구가 되었다.

"예령아!"

엄마의 부름에 나는 묵묵히 차에 올랐다.

"빨랑빨랑 타지 뭘 꾸물거려? 자, 마셔."

엄마는 내게 진공포장 된 포도즙을 넘겨 주고 시동을 걸었다.

"얼른 마셔야지."

"배 아파."

"생리통? 변비?"

"몰라, 그냥 아파."

"아빠한테 영양제라도 놔 달래자."

"싫어!"

"왜 짜증이야? 주사 맞기 싫으면 컨디션 조절 좀 잘 하든지. 아프면 너만 손해야. 다운이는 벌써 국제 올림피아드 준비 시작했고 지영이는 SAT 과외까지 받는대."

엄마는 한결같이 잘난 엄친아, 엄친딸들을 들먹이며 날 자극하기 시작했다. 내가 발끈 화를 내며 그 아이들을 시기하고 경쟁하리라 생각하겠지만, 아니다. 그런 건 옛날에 졸업했다. 아무런 반응이 없자 엄마는 또 다른 미끼를 던졌다.

"육성회 2학년 대표 엄마한테서 전화가 왔어."

룸미러로 내 반응을 살피는 엄마와 눈이 마주쳤다. 결국 걸려들고 말았다.

"너 과학고에 합격한 거 알더라. 엄마들한테 공부 방법이랑 합격 노하우를 전수해 달라고 부탁하는 거 있지. 생각해 본다고 했는데…….”

“했는데?”

“추가 합격된 거 알면 망신스럽잖아. 그러니 이왕 하는 거 조금만 더 열심히 했으면 얼마나 좋아. 자존심 회복을 위해서라도 열심히 해서 뭔가 보여 주자. 응?”

도대체 누구에게 뭘 보여 주자는 건지 모르겠다.

초등학교 4학년 때 나는 ‘특수 목적 고등학교’ 즉 특목고라는 요상한 이름을 가진 학교들이 있다는 걸 처음 알았다. 특수 목적? 스파이나 특수 공작원, X파일의 멀더나 스칼리 같은 요원을 양성하고 훈련시키는 그런 곳인가 보다 생각했다. 과학고, 외고, 국제고 등등, 제각기 내건 이름과는 다른 실은 대학 입시를 위한 ‘특수 목적’이란 걸 나중에야 알게 됐지만 특목고란 이름이 내게 준 강렬하고도 비밀스런 첫 인상은 한동안 계속되었다.

“특목고에 가려면 우선 영재교육원에 들어가야 해. 올림피아드에서 상도 타야 하고 토플, 논술 공부도 해야 해. 수학, 과학 선행은 기본이고.”

엄마의 원대한 계획에 따라 해야 할 공부는 점점 더 많아졌다. 난 시키는 대로 고분고분 따르는 자랑스러운 딸, 나아가 동생의 모범적인 본보기가 되었다. 그렇게 나는 공부 잘하고 착한 딸로 길들여졌다. 내가 특목고에 합격하리라는 부모님의 기대엔 의심의 여지가 없었다.

중학생이 되던 날, 엄마는 나에게 다짐을 받았다.

"죽었다 생각하고 열심히 해 보자. 이 3년이 네 미래를 결정짓는 제일 중요한 시기야. 넌 엄마가 시키는 대로 따라오면 돼. 알았지?"

"으응……."

"그럼, 넌 뭐든지 할 수 있어. 네가 모자란 게 뭐 있니? 엄마 아빠 닮아서 머리 좋지, 환경 좋지, 목표 뚜렷하지. 괜히 시시껄렁한 애들이랑 어울리면서 시간 낭비하지 말고 앞만 보고 뛰어가는 거야."

나는 엄마의 굳은 의지에 눌려 아무 말도 못 하고 그냥 고개만 끄덕였다. 하지만 뭔가 잘못되어 가고 있다는 느낌을 지울 수가 없었다. 이제 막 입학했는데 또 다음 입학을 준비해야 하다니.

"학교장 추천을 받으려면 내신이 좋아야 돼. 실수만 하지 않으면 전교 1등은 문제없어. 우린 널 믿어!"

하지만 전교 1등은 호락호락 하지 않았다. 첫 중간고사에서 나는 겨우 반 1등에 만족해야 했다. 부모님의 실망은 거의 분노에 가까웠다. 그리고 그 분노는 고스란히 보이지 않는 중압감이 되어 내게 되돌아왔다. 기말고사, 중간고사, 기말고사로 1학년을 마감할 때까지 내 성적은 큰 변화를 보이지 않았다.

"포기하긴 아직 일러. '가다 말면 아니 간만 못하다'는 옛말도 있잖아. 너에겐 꿈이 있어. 꿈은 노력한 사람만이 이룰 수 있는 거야. 우리 예령이 파이팅!"

꿈, 내게 그런 게 있었던가? 의사가 된다. 그 다음은? 의사가 궁극적인 인생의 꿈이란 건 우스운 일이다. 더구나 나는 인류애나 봉사 정신 같은 건 없다. 철저한 이기주의자다. 곰곰이 생각해 보면 내 머릿속에 각인된 '의사'라는 꿈은 내 것이 아니다. 내가 미처 생각해 보기도 전에 엄마 아빠가 강요한 꿈이었다. 그럼 진정한 내 꿈은…… 그냥 자유롭고 싶다.

3학년이 되자 엄마는 좀 더 현실적으로 변했다.

"첫째, 엄마의 정보력. 둘째, 아빠의 경제력. 셋째가 아이의 능력이래. 반드시 엄마가 특목고에 합격시키고 말 거야. 안 되면 되게 하라!"

특목고에 대한 엄마의 집착은 거의 신앙에 가까웠다. 광신도! 우리는 서서히 미쳐 가고 있었다.

2

高예령, 孤예령, 苦예령.

내 성에 거부감이 든다. 부모님은 高예령을 원하지만 사실 나는 孤예령일 뿐이고 내 미래는 苦예령이 될지도 모른다. 심심풀이 장난질이 운명적인 느낌으로 다가와 영 찝찝하고 불편하다.

나는 경쟁을 통한 성적 서열화의 제일 꼭대기에 홀로 서 있다. 그런 이유로 선생님들의 칭찬과 배려를 독차지했다. 똑같은 이유로 아이들은 날 재수 없어 한다. 대놓고 말하지 않아도 느낄 수 있다. 간혹 몇몇 아이들이 나와 친해지려고 시도했지만 금방 시들해졌다. 영화를 보고 쇼핑을 하고 떡볶이를 먹으며 어울려 다닐 시간이 없었다. 밤늦도록 채팅을 하고 시도 때도 없이 문자를 주고받을 여유는 더더욱 없었다. 솔직히 시시한 연예인 이야기나 서로 공부를 얼마나 안 했나 뻔한 거짓말이나 늘어놓는 애들이랑 어울리는 건 시간 낭비다. 자의 반, 타의 반 나는 당당한 외톨이로 살아왔다. 하지만 내 발 밑은 늘 위태롭고 나는 도무지 행복하지 않다.

"반장, 반장!"

얼핏 날 부르는 소리를 들은 것 같았지만 무시했다. 멀쩡한 이름을 두고 왜 모두들 '반장'이라 부를까? '반장' 속에는 책임과 의무만 있지 관심이나 유대감, 우정 따윈 없다. 3년 내내 나는 그냥 반장일 뿐이었다.

엎드려 있는 내 등을 톡톡 두드렸다. 나는 얼굴을 잔뜩 찌푸린 채 고개를 들었다. 담임이 내려다보고 있었다.

"반장, 무슨 일이야?"

"머리가 너무 아파서요."

담임이 내 이마를 짚어 보았다.

"열은 없는데. 그래도 많이 아프면 양호실에 가서 누워 있어라."

"……네."

일어나는데 어찔해서 다시 의자에 풀썩 주저앉았다.

"누가 반장 양호실에 좀 데리고 가라."

담임의 말에 짝이 미적거리며 일어나 내 팔을 잡았다. 나는 팔을 빼며 고개를 가로저었다.

"정말 괜찮겠니?"

담임의 걱정스런 얼굴을 뒤로 하고 나는 교실을 빠져나왔다.

다른 아이들이 양호실에 가겠다고 하면 선생님들은 꾀병인지 의심부터 한다. 그러면 친한 아이들이 얼마나 아픈지 증명해 준다며 열을 올리고 서로 양호실로 데려가겠다고 나섰다.

그 흔한 장면이 왜 내 경우에는 반대일까? 텅 빈 복도를 걸어가는데 코끝이 찡해지더니 결국엔 눈물이 흘렀다.

두통약을 먹고 양호실 철제 침대에 누웠다. 담요를 뒤집어 쓰고 눈을 감았지만 잠이 오지 않았다. 몸이 붕 떠 있는 것 같고 속이 메스꺼웠다.

'자야 해, 자야 해, 자야 해……'

마음속으로 아무리 되뇌어도 잠이 오지 않는다.

요즘은 통 깊은 잠을 이룰 수가 없다. 기억도 나지 않는 잡다한 꿈에 시달리고 선잠을 자다 몇 번씩 깨어나곤 했다. 아침에는 몸을 가눌 수 없을 만큼 힘이 들고 온종일 신경이 곤두서서 사소한 일에도 짜증이 나고 화가 났다. 비타민, 영양제, 클로렐라, 초유, 오메가3, 꿀에 절인 인삼 등등. 피로 회복에 좋다고, 면역력을 높인다고, 머리가 좋아진다며 엄마가 먹이는 약들도 별 소용이 없었다. 어쩌면 나는 불치병에 걸렸는지 모른다. 차라리 그랬으면 좋겠다.

양호실의 넓은 창으로 파란 하늘이 보였다. 햇빛은 눈부시지 않을 만큼 적당히 밝고 아직은 앙상한 나뭇가지 사이로 참새 한 마리가 이 가지에서 저 가지로 포르르 날아다니며 까불어 댔다. 갑자기 밖으로 나가고 싶은 마음을 걷잡을 수가 없다. 나는 교실로 돌아가는 대신 뒷짐 지고 운동장을 어슬렁거렸다.

두통약 때문인지 바람 때문인지 머리가 조금 개운해졌다.

주차장 쪽에서 나오던 자가용이 멈춰 서더니 운전석에 앉은 여자가 아는 체를 했다.

"너 예령이 맞지?"

얼떨결에 인사는 했지만 누군지 모르겠다. 여자가 활짝 웃으며 가까이 오라고 손짓을 했다.

"나 시연이 엄마야. 혼자 여기서 뭐 하니?"

"머리가 아파서 바람 쐬려고요."

"얼굴이 해쓱해 보인다. 약은 먹었니?"

시연이 엄마가 미간을 살짝 찌푸리면서 걱정스러운 얼굴로 쳐다보았다. 시연이는 우리 학교 전교 회장이다. 언제 봐도 자신만만하고 붙임성 좋은 시연이가 엄마를 닮았나 보다.

"너 열심히 한다고 소문이 쫙 하더라만 여유 갖고 쉬엄쉬엄해. 건강 해칠라. 그나저나 고마워. 네 덕분에 맘의 짐을 덜었어."

"네? 무슨……."

"아직 못 들었나 보구나. 우리 시연이 성대 결절 수술 때문에 졸업식 답사가 좀 어려울 것 같아. 그래서 네가 대신 하기로 정해졌어. 너희 엄마도 무척 좋아하시더라."

말도 안 돼! 나는 비명이 터져 나오려는 걸 간신히 참았다.

성악을 하는 시연이가 성대 결절이라니 좀 안되기는 했다. 예고 실기시험 때문에 연습을 너무 악착같이 했나 보다. 하지만 하필이면 내가 시연이의 대타가 될 게 뭐람. 분명히 엄마의 입김이 작용한 거다. 정말 싫다.

1교시를 마치는 종이 울렸다. 가슴이 두근거리고 입이 바짝바짝 말랐다. 담임을 만나야 한다. 나는 교무실을 향해 뛰었다.

"좀 괜찮아졌어?"

"네."

"왜, 할 말 있니?"

"졸업식 답사……."

"아 참, 내 정신 좀 봐! 깜박했네. 네가 졸업생 대표로 답사하게 됐어. 내일 모레까지 원고 써서 가져와. 선생님이 봐 줄게. 그럼 가 봐."

"저……, 조퇴하고 싶어요."

졸업식 답사를 하지 않겠다고 말하려 했다. 그런데 미처 생각지도 않았던 엉뚱한 말이 튀어나왔다.

느닷없이 내 앞에 놓인 온전히 자유로운 하루다. 나는 교문 앞에 서서 망설였다. 무얼 해야 할지, 어디로 가야 할지 모르겠다. 무작정 걷기 시작했다. 늘 시간에 쫓겨 종종걸음 치거나 엄마 차로 쌩하니 지나치던 길을 아주 느릿느릿.

불친절한 아저씨 때문에 진짜 급할 때만 가는 우수 문구, 비빔 만두와 치즈 떡볶이로 유명한 분식집 에버그린, 참고서 사면 포인트를 후하게 주는 학우사, 아직 문을 열지 않은 빨간색 파라솔의 토스트 가게, 언제나 비틀즈의 노래가 흘러나오는 화장품 가게 앞을 지났다. 지나는 사람들이 나를 유심히 쳐다보았다. '학교 땡땡이치고 어슬렁거리는 걸 보니 뻔한 놈이군.' 그들의 눈빛이 곱지 않다. 나는 이런 종류의 눈길에는 익숙하지 않다. 걸음을 빨리했다.

지하철에 올랐다. 목적지는 없다. 다행이 빈자리가 많았다. 나는 구석자리에 앉아 눈을 감았다. 가볍고 규칙적인 흔들림이 싫지 않다. 밝은 빛이 얼굴로 쏟아졌다. 철도가 지하를 벗어나 강 위를 달리고 있었다.

3

"자, 읽어 봐."

엄마가 종이 한 장을 내밀었다. 컴퓨터로 깔끔하게 작성된 졸업식 답사 원고다.

자랑스러움과 기대로 부푼 가슴을 안고 입학식을 치르던 때가 생각납니다. 어제 일처럼 생생한데 벌써 우리는 또 다른 출발점 위에 서 있습니다.

저희를 믿고 아껴 주신 존경하는 선생님들, 사랑하는 후배들…….

가식적이고 뻔한 문장들, 더 이상 읽고 싶지 않다. 엄마가 내 짐을 덜어 줘서 좋아해야 하나? 그런데 왜 이렇게 화가 날까?

"엄마, 이 정도였어?"

"내용이 맘에 안 들어?"

"설령 내가 쓰기 싫다고 떼를 써도 엄마가 이러면 안 되는 거잖아."

"얘가 엄마를 어떻게 보고! 네가 초등학생이라면 아무리 힘들어도 네 힘으로 쓰라고 했을 거야. 근데 보나마나 이거 쓴다고 며칠 끙끙댈 텐데 시간 낭비할 필요 없잖아. 고맙다는 말은 못 할망정 웬 트집이야?"

"그러니까 이딴 건 왜 한다고 했어? 나한테 물어보지도 않고."

"엄마가 원고 써 주잖아. 넌 읽기만 하면 되는데 뭐가 힘들어. 공식적인 졸업생 대표가 되는 건데 얼마나 좋아? 졸업식에 식구들 다 올 텐데 제대로 폼 나지. 이참에 전교 회장 못 된 한도 풀고."

참 어이가 없다. 엄마와 나는 어쩌면 이렇게 생각이 다를까? 내키지도 않는 일을, 그것도 엄마가 써 준 원고를 들고 뻔뻔스럽게 읽을 수는 없다. 나도 최소한의 자존심이라는 것이 있다.

　"절대로 안 할 거야. 절대!"

　"좋아, 그럼 네가 다시 써."

　"싫어. 그렇게 답사가 하고 싶으면 엄마가 해."

　"말도 안 되는 투정 부리지 마. 여태 엄마가 하라는 대로 해서 잘못된 적 없잖아. 잔말 말고 무조건 해. 알았어?"

　"맞아, 지금까지 엄마가 시키는 대로 다 했잖아. 이번 한 번만이라도 내 뜻대로 하면 안 돼?"

　"지금 와서 못 한다고 하면 선생님들한테 엄마 얼굴이 뭐가 되니?"

　"나보다 엄마 체면이 더 중요해? 날 위한다며 숨도 못 쉬게 몰아붙인 게 다 엄마의 만족을 위한 거였어?"

　"괜히 어리광이 나서 억지 쓰는 거 다 알아. 하지만 이것만은 기억해. 엄마 아빠는 네 미래를 위해 시간과 돈과 정성을 쏟아붓고 있다는 걸. 감사는 못 받을망정 비난받을 일은 아니야."

　"엉망이야⋯⋯. 모조리 엉망이라고! 엄마가 다 망쳐 놨어!"

　나는 내 방으로 뛰어들어와 문을 잠갔다.

　"여보, 예령이가 좀 이상해!"

비명에 가까운 엄마의 목소리가 방 안으로 새어들어 왔다.

나는 오디오를 틀고 음악의 볼륨을 높였다. 가슴이 터질 듯이 벌렁거렸다. 어디서부터 잘못된 걸까? 생각할수록 머릿속은 뒤죽박죽이고 100m 달리기를 끝냈을 때처럼 숨이 가쁘다.

창을 열었다. 차가운 공기 대신 곰팡내가 났다. 내 방의 창은 밖이 아닌 다용도실로 나 있다. 처음 이사 왔을 때, 다용도실은 약간 페인트 냄새가 나긴 했지만 화사하고 깨끗했다. 그러나 세월이 지날수록 벽에는 곰팡이가 슬고 바닥에는 쓰레기통에서 떨어진 눅눅한 얼룩과 세제 찌꺼기와 먼지가 섞여 뒹굴었다. 나는 곁에 있는 이 공간이 서서히 불편해지기 시작했다. 어질러져 퀴퀴한 냄새를 풍기는, 하지만 여전히 꼭 필요한 곳. 마치 세상과 나 사이에 가로놓인 엄마처럼.

"예령아!"

아빠가 방문을 두드렸다. 나는 얼른 책상 위에 문제집을 펴 놓고 문을 열었다.

"학교에서 무슨 일 있었니?"

"아뇨."

"그런데 왜 그래? 엄마가 걱정하잖아."

"이거 다 풀어야 돼요."

"말하기 싫다? 좋아, 대신 무슨 일 있으면 혼자 끙끙대지 말고 꼭 엄마 아빠랑 의논해야 된다."

그래, 딱 한 번만 아빠에게 매달려 보자. 아빠는 날 이해해 줄지 몰라.

"아빠, 나 과학고 안 갈래요."

너무 뜻밖인지 아빠가 흠칫 놀라며 돌아섰다. 아빠는 아무 말 없이 침대 끝에 걸터앉았다. 침묵이 길어지고 있다. 불안하다. 또다시 숨이 가쁘기 시작했다. 빨리 이 순간을 벗어나고 싶다.

"아빠, 나 진짜 자신 없어."

"미리 겁먹고 포기하겠다는 거냐?"

"미안해요. 엄마 아빠한테 정말 미안해. 그렇지만 못 하겠어. 해 보나 마나 뻔한 걸. 난 그쪽에 재능도, 흥미도 없어요."

"추가 합격이라 실망이 컸나 보구나. 하지만 이런 말도 있잖아. 시작은 미미하지만 그 끝은 창대하리라! 넌 할 수 있어."

"아빠, 제발 이제 꿈 깨. 난 여태까지 죽을 만큼 공부했지만 떨어졌어요. 추가 합격? 그딴 건 아무 의미 없어. 바보같이 난 엄마가 그렇게 원하던 특목고에 합격만 하면 다 끝나는 줄 알았지 뭐야. 근데 그게 아니잖아. 대학을 가기 위해 더 혹독하게 공부해야 할 거야. 근데 난 벌써 지쳐 버렸어."

"널 이해해. 아빠도 그런 시절을 다 거쳤어. 대한민국 아니

세계 어디나 네 또래는 한 번쯤 거쳐야 할 통과의례 같은 거야. 정도의 차이만 있을 뿐이지. 그러니까 도망치려고 하지 마."

"도망치지 않고 견뎌 낼 힘이 없어…… 자꾸 이게 아니란 생각만 들고. 그냥 막막해……."

"그래그래, 오늘은 공부하지 말고 푹 쉬어. 그동안 너무 무리했나 보다. 졸업식 끝내고 가족 여행이라도 갈까?"

"……싫어요."

결국은 아빠도 엄마와 똑같다. 내가 아무리 구조 신호를 보내도 들으려 하지 않는다. 나는 힘들어 죽을 것 같은데.

4

문제집을 펼쳤지만 눈에 들어오지 않았다. 숙제가 산더미처럼 밀려 있다. 학원 선생님들의 눈총이 점점 노골적으로 변해 가고 있는 걸 느끼지만 내 힘으로 해결할 수 없는 지경이 되고 있다. 학교에서도 학원 숙제에 쫓겨 쉴 틈이 없다. 애꿎은 펜만 돌리고 있는데 담임의 호출이다.

왜 교무실이 아닌 상담실로 불렀을까? 나는 선뜻 상담실로 들어가지 못하고 망설였다. 3년을 다녔지만 상담실은 내게 낯선 곳이다. 아직 한 번도 상담실로 불려 가 본 적이 없어서다. 담임은 손가락으로 앞에 놓인 의자를 가리키고는 하던 일을 계속했다.

"미안, 기다리게 했네."

담임은 여러 장의 종이에 클립을 끼워 가지런히 정리하고 나서야 고개를 들었다. 담임이 내 얼굴을 빤히 보았다. 나는 마주 보기 부담스러워 살짝 눈을 내리깔았다.

"내가 왜 불렀다고 생각해?"

"모르겠습니다."

"혹시 친구들과 문제 있니?"

"아니요."

"부모님께 말 못할 고민은?"

"그런 거 없는데요."

"어제 머리 아프다더니, 어때?"

"다 나았어요."

"졸업식 답사 원고는 준비됐니?"

"아직⋯⋯."

"난 꼭 네가 졸업생 대표로 답사를 했으면 좋겠어. 두고두고 좋은 추억이 될 거야."

담임은 마치 내 마음을 다 꿰뚫어 보고 있는 것처럼 선수를

쳤다. 짚이는 데가 있다.

"선생님, 혹시 저희 엄마 만나셨어요?"

"전화 통화만 했어. 네 걱정을 많이 하시더구나."

역시 그랬다. 가만 있을 엄마가 아니다. 도대체 담임에게 어디까지 얘기한 것일까?

"예령아, 솔직히 요즘 널 지켜보는 마음이 조마조마했어. 뭐랄까, 마치 팽팽하게 당겨져 있던 줄이 갑자기 툭 끊어진 것처럼. 선생님이 잘못 본 거니?"

나는 고개를 숙인 채 입술만 깨물었다. 담임이 다시 물었다.

"얘기하면 조금이라도 가벼워질 텐데. 어때?"

"……그냥 혼란스러워요. 왠지 억울하고 불안하고 두렵고 자신 없고……. 다 싫어요."

담임이 고개를 끄덕이며 들릴 듯 말 듯 얕은 한숨을 내쉬었다. 우리는 한참을 말없이 앉아 있었다.

"물 마실래?"

나는 고개를 가로저었다. 담임이 책상 위에 두 팔을 올리며 바짝 다가앉았다. 그리고 비밀 얘기라도 하려는 듯이 나지막이 말했다.

"예령아, 지금의 혼란과 갈등은 어쩌면 당연한 것일지도 몰라. 여태 앞만 보고 달려왔잖니. 너를 돌아볼 좋은 기회라고 생각하고 맘껏, 실컷, 후회 없이 고민해. 다만 절대 극단적인 행동은 하지 마. 약속할 수 있지?"

"예."

담임의 굵게 고불거리는 머리카락 사이로 드문드문 삐져나온 흰 머리카락, 테가 없는 동그란 안경알에 든 옅은 회색빛, 투명한 매니큐어를 바른 손톱. 왜 오늘에야 이런 소소한 것들이 눈에 들어오는지 모를 일이다. 1년을 매일 보아 온 선생님이었는데.

원어민 영어수업과 화학과외가 있지만 가고 싶지 않다. 내가 빠지면 바로 엄마에게 연락이 가겠지? 나는 핸드폰을 꺼 버렸다. 더 이상 스스로를 통제할 수가 없다. 즉흥적으로 변해 가는 내 모습이 혼란스러울 뿐이다. 주위를 둘러싼 벽을 깨고 울타리를 넘고 싶은데…… 낯선 거리를 헤매는 것 외에 내가 할 수 있는 것이 별로 없다. 나는 반항에도, 모험에도 서툴다.

현관문이 열리자마자 엄마가 뛰어나왔다. 나는 본척만척 신발을 벗고 내 방으로 들어갔다. 미처 문을 잠그기도 전에 엄마가 밀치고 들어왔다.

"과외 빠지고 여태 어디 있다 온 거야? 어제는 학교에서도 조퇴했다면서!"

"잘 거야. 나가 줘."

나는 교복을 입은 채로 침대에 누웠다. 엄마가 이불을 걷어내고 나를 끌어 앉혔다.

"아무래도 무슨 일이 생긴 거야. 아니면 네가 엄마한테 이럴 수가 없어. 어서 말해, 어서!"

"이제 엄마하고는 아무 말도 안 할 거야."

"이렇게 중요한 때에 철없이 왜 이래?"

"중요하지 않을 때가 언젠데? 그런 말 이제 넌더리가 나. 지겨워!"

"우리 흥분하지 말고 이성적으로 대화하자."

엄마가 정신을 가다듬으려는 듯 심호흡을 하고 자세를 바로잡았다. 화내고 위협해도 안 되니 논리로 나를 굴복시키겠다는 거다. 하지만 나는 정말 엄마와 아무 말도 하고 싶지 않다.

"학원에서 연락 왔었어. 숙제도 안 해 오고 수업시간에도 딴생각만 한다면서? 너 때문에 반 분위기 흐트러진다고 계속 그러면 빼겠대. 그 반에 들어가려고 따로 과외까지 했던 거 기억나지? 이제 와서 도태될 순 없어. 경쟁에서 이겨야만 네 미래를 보장받을 수 있어. 그래야 이 정글 같은 세상에서 살아남을 수 있다는 걸 너도 잘 알잖아. 아무리 부정하려 해도 이게 우리 앞에 놓인 현실이라고. 이런 쓸데없는 소모전은 그만하자, 응?"

"난 정글에서 살아남고 싶지 않아. 그냥 하루라도 빨리 이 지긋지긋한 정글에서 탈출하고 싶을 뿐이라고!"

"좋아, 그럼 네가 원하는 걸 말해 봐."

"나도 잘 모르겠어. 다만 지겨운 경쟁은 그만하고 싶어."

"흥, 결국은 공부하기 싫다는 말이잖아. 또?"

"학원 안 갈 거야. 과학고도."

"점점! 고등학교를 안 가겠다고? 이제 보니 반항을 위한 반항이구나. 아님 자기 미래를 이렇게 내동댕이칠 수는 없는 거지. 제정신이 아닌 이상!"

"엄마, 난 미치지 않으려고 발버둥 치는 거야."

"좋아, 과학고를 안 가면 그 다음은?"

"검정고시도 있고 대안학교 같은 곳도 있잖아."

엄마가 두 손으로 얼굴을 가리더니 갑자기 울기 시작했다. 엄마는 한 번도 내 앞에서 눈물을 보인 적이 없었다. 엄마도 울 수 있다는 너무나 당연한 사실…… 당황스럽다.

5

"예령아, 예령아."

아빠가 날 흔들어 깨웠다. 제일 먼저 눈에 띈 것은 아빠가 손에 쥔 약통이었다. 어젯밤, 머리가 아파 잠들며 마지막 남은 두통약 한 알을 먹었다. 미처 통을 치우지 못한 것이 화근이었다.

"조금 아프다고 약에 의지하면 습관 돼. 아빠한테 말을 해서 원인 치료를 해야지. 왜 이런 걸 먹었어?"

역시 의사다운 말씀이다. 아빠가 생각한 것보다 훨씬 많이 약에 의지했다는 건 말하지 않았다. 가슴이 답답하고 체한 것 같아 매일 소화제를 먹고 콜라를 마시는 것도.

"너 학교에서 조퇴했다면서? 아무래도 종합검진을 받아 봐야 되겠다."

"그냥 스트레스가 쌓여서 그렇대요."

"누가 그래?"

"인터넷에 찾아봤어요."

"공부한다고 힘든 건 알지만 그 정도 스트레스로 증상이 나타나지는 않는다. 공부하기 싫어서 꾀부리는 게 아니라면. 어쨌든 엄마하고 상의해서 시간 빼봐."

"네."

아빠는 내가 일부러 약통을 책상 위에 놓고 시위를 하고 있다고 생각하는 거다. 종합검진 결과가 이상 없으면 절대 봐주지 않겠다는 선전 포고다.

"엄마 애 좀 그만 태워. 너 땜에 밤새 울더라."

어쩐지 아침에 내 방에 들어온 것부터가 이상했다. 엄마의 사주를 받은 게 분명하다. 아! 또 머리가 아파온다. 관자놀이가 바늘로 쿡쿡 찌르는 것 같다.

"어서 들어가. 엄마가 나중에 데리러 올게."

나는 결국 학원으로 돌아왔다. 엄마가 우는 게 싫어서. 바뀐 것은 아무 것도 없다. 나는 여전히 새벽 1시까지 깨어서 수학문제를 풀어야 하겠지.

엘리베이터 문이 열렸다.

"안 탈 거니?"

나는 고개를 가로저었다.

다시 밖으로 나갔다. 어둠 속에서 희뿌연 현수막이 펄럭거렸다. 고예령, 흔들리는 내 이름이 연약한 날개를 가진 한 마리 나비처럼 위태로워 보인다.

'안 돼…… 풀어 줘야 해!'

힘겨운 마지막 날갯짓을 멈추고 영원히 표본이 되기 전에.

나는 계단을 통해 건물 3층으로 뛰어 올라갔다. 창문을 열고 손을 뻗었다. 현수막 아랫단 한쪽 귀퉁이를 묶은 나일론 끈에 가까스로 손이 닿았다. 가방에서 칼을 꺼내 새끼손가락 굵기의 끈을 자르기 시작했다. 몇 번의 칼질에 한 가닥씩 꼬임이 터지기 시작하더니 '툭' 소리와 함께 마지막 가닥이 끊어졌다. 옆 창문을 통해 다른 쪽도 끊었다. 아래 양 귀가 풀린 현수막이 심하게 펄럭이기 시작했다.

나는 두방망이질하는 가슴을 가까스로 누르며 옥상으로 올라갔다. 이제껏 한 번도 가 볼 생각조차 하지 않던 곳이다. 건물의 꼭대기, 엘리베이터가 7층에서 멈추고 깜깜한 계단을 더 올라가야 되는 곳. 나는 핸드폰의 폴더를 열어 계단을 비추었다. 회색빛 철문이 막아섰다. 손잡이를 돌렸다. 뻑뻑했다. 이리저리 돌리며 체중을 실어 몸으로 밀자 '끼익' 기분 나쁜 소리를 내며 문이 열렸다.

옆 건물의 옥상 간판 때문인지 주위가 어슴푸레했다. 나는 두 팔을 벌리고 차가운 밤바람을 온몸으로 맞았다. 커다란 물탱크와 말라죽은 꽃들과 부서진 플라스틱 의자들이 쌓여 있었다. 그 옆에는 버려진 현수막들이 먼지와 쓰레기를 뒤집어쓴 채 쌓여 있었다. 나는 발로 툭툭 건드려 그 중 하나를 펼쳤다.

명문대를 향한 확실한 선택!
소수 정예, 특목고 입시 전문 학원!

엄마가 지켜보는 가운데 가슴 졸이며 테스트를 받던 때가 떠올랐다. 원장과 엄마의 대화 속에 자주 등장하던 상위 5%, 3%, 1%가 되기 위해 조바심하며 울고 웃던 날들. 나는 널브러져 있는 현수막에 미친 듯이 발길질을 했다. 숨이 차고 다리가 뻐근해질 때까지.

옥상 가장자리에는 현수막을 묶을 수 있도록 굵은 쇠파이프가 설치되어 있었다. 나는 현수막의 윗부분을 고정시켜 놓은 나무 막대기를 빼내고 양 귀를 묶은 끈을 풀기 시작했다.

별안간 발바닥이 간질거리며 현기증이 났다. 귓속에서 속삭임이 들려오기 시작했다.

"엄마 아빠 널 믿어……. 그래, 앞만 보고 뛰어가는 거야……. 넌 뭐든지 할 수 있어…… 포기하지 마……."

속삭임이 점점 커졌다. 커다란 스피커를 틀어 놓은 것처럼 온 세상이 쾅쾅 울렸다. 도리질을 치며 바닥에 주저앉았다. 끈이 스르륵 손끝에서 빠져나갔다. 바람을 타고 현수막이 날아올랐다.

어둠을 뚫고 날아오른 나비처럼, 자유롭게…….

바다와 나비

아무도 그에게 수심을 일러 준 일이 없기에
흰 나비는 도무지 바다가 무섭지 않았다.

청무우밭인가 해서 내려갔다가는
어린 날개가 물결에 절어서
공주처럼 지쳐서 돌아온다.

삼월달 바다가 꽃이 피지 않아서 서글픈
나비 허리에 새파란 초생달이 시리다.

* 「바다와 나비」 : 시인 김기림(1908~?)이 1939년 4월에 잡지 〈여성〉
에 발표한 작품이다.

스쿨 걸

1

"언니, 딱 한 번만! 한 번만 태워 주라, 응?"

"No!"

나는 딱 잘라 거절했다. 헬멧을 쓰고 열쇠를 꽂았다. 냉정한 표정을 유지하고 절대 눈길을 주면 안 된다. 괜히 마음 약해져서 태워 줬다간 아주 골치 아파진다.

"와, 멋있다!"

이런 원색적인 찬사와 인기에 연연하진 않지만 기분이 썩 나쁘지는 않다. 이놈의 교복 치마 대신 터프한 가죽 바지를 입었더라면, 아쉽다. 하기야 할리데이비슨도 아니고 50cc 스쿠터에 가죽 바지는 좀 오버다.

능숙하게 오른쪽 핸들을 돌려 시동을 걸었다.

앵, 앵.

이 소리는 정말 깬다. 언제쯤이나 으르렁거리는 진짜 바이크를 타 보나!

기분 좋은 속도감을 느끼기엔 바람이 너무 차갑다. 게다가 버스가 밀어붙일 때는 잔뜩 졸아서 나도 모르게 인도 쪽으로 바짝 붙어 빌빌거리기 일쑤다. 원동기 면허를 딴 지 겨우 5개월 남짓. 폼생폼사 이미지를 구현하기엔 아직 여러모로 경험 부족이다. 하지만 언젠가는 멋지게 앞바퀴를 들어올리는 윌리에 도전하리라!

나에게 스쿠터는 일종의 차별화 전략이었다. 쉽게 말해 나랑 맞짱 뜨려고 덤비는 애들 겁주기 용이다. 우선 내가 전교생의 언니뻘이라는 걸 구구히 설명하지 않아도 된다. 원동기 면허는 만 16세부터 딸 수 있으니까. 그리고 선생님들이나 어른들의 불쾌한 시선쯤은 이겨 낼 깡이 있다는 것을 드러낼 수 있고 더불어 터프한 개성을 표현할 수 있으니 일석삼조쯤 될까?

덕분에 난 '정연어'라는 이름보다 '스쿠터 걸'로 통한다. 경쾌한 이름에 걸맞게 내 스쿠터는 풋사과색이다. 비주얼부터 자장면 배달 스쿠터랑은 급이 다른 것이다.

저만치 아파트 입구에서 걸어 나오는 아빠를 보았다. 나는 얼른 속도를 줄이고 손을 흔들었다.

"아빠!"

"쯧쯧, 학교 갈 때는 타지 말랬더니."

"괜찮아, 절대 속도 안 내고 살살 다녀."

"선생님들에게 들키면 어쩌려고?"

"에이, 그럴 일 없어. 학교 밑에 있는 분식점 앞에 두고 다니는데 뭐. 주인아줌마가 그래도 된대."

"걱정시키지 말고 말 들어."

"생각해 볼게. 근데 아빠 어디 가?"

"두부 사러."

나는 발판에 놓아둔 비닐봉지를 들어보였다.

"짜잔, 내가 사 왔지롱."

우리 집 단골 메뉴인 청국장에 넣을 두부다. 아빠에게 청국장이 좋단다. 냄새에 질색하던 나도 요즘은 곧잘 먹는다. 내가 잘 먹어야 아빠가 좋아한다. 아빠는 날 위해서 청국장을 끓이고 나는 아빠를 위해서 청국장을 먹는다. 이런 게 바로 win-win 전략이지.

학교에서 돌아올 때쯤이면 아빠는 이미 저녁 준비를 끝내 놓았다. 그러니 설거지는 당연히 내 차지다. 하긴 내가 할 수 있는 일이 이런 거밖엔 없다. 전에 엄마가 하던 모든 일을 이제는 아빠가 한다. 밥을 하고 반찬을 만들고 다림질을 하는 아빠를 보고 있노라면 신기할 따름이다. 정말 사람은 환경에 적응

하기 마련인가 보다.

"연어야, 이젠 다시 일 시작해야 되겠다."

"다 나은 거야? 의사가 그래도 된대?"

"거뜬해. 많이 좋아졌어."

"그래도 이제 힘든 일 하면 안 된다고 했잖아."

"평생 하던 일인데 뭘. 몸 쓰는 일도 아니고 앉아서 컴퓨터 작업만 하면 되는데 괜찮을 거야. 이제 슬슬 좀이 쑤시는 걸 보니 다 나은 거지."

정말 괜찮은 걸까? 설마 엄마가 돈 보내라고 채근한 건 아니겠지?

아빠는 위암 수술을 받았다. 엄마, 연수 오빠, 나, 우리 식구 누구도 아빠가 그렇게 많이 아픈지 몰랐다. 고모가 알려 주지 않았다면 아빠는 혼자서 수술대에 올랐을 거다.

기러기 아빠, 사람들은 아빠를 그렇게 불렀다. 죽도록 돈 벌어서 자식들에게 다 보내 주고 제대로 먹지도 못하고 너무 외롭고 힘들어서 병이 들었지만 그래도 아빠는 괜찮다고 했다. 건강관리를 못한 자신의 탓이라고 도리어 미안해했다.

그래서 나는 돌아왔다. 어차피 나의 유학은 실패의 길로 접어들고 있었으므로. 엄마는 흔쾌히 허락했다. 아빠가 일을 하지 못하니 어차피 둘을 유학시킬 경제적 여유도 없었다.

"아빠, 일 시작한다고 엄마한테 말했어?"

"아직. 천천히 하지 뭐."

아빠가 찬찬히 내 얼굴을 살폈다. 아빠는 요즘 들어 부쩍 내 눈치를 본다.

"너…… 다시 뉴질랜드로 갈래?"

"엥?"

"녀석, 놀라긴. 네가 희생한다 싶어 맘이 안 편해."

"아닌데."

"가고 싶으면 언제든지 말해."

"진짜 아니야. 난 지금이 좋아. 아주 좋아 죽겠어. 갈 때는 엄마 아빠 뜻이었지만 올 때는 내가 결정해서 온 거잖아. 후회하지 않아, Never!"

"그래도 아빠는 널 말리지 못한 게 후회돼."

"거기서 내가 얼마나 힘들었는지 아빠 모를 거야. 친구도 없고 수업시간엔 뭔 말인지 하나도 못 알아듣겠고. 잔뜩 주눅 들어서 학교에서 입 한 번 뻥긋하지 못한 날도 많았다니깐. 점점 나아지긴 했지만 크게 달라지진 않았어. 하루하루가 지겹고 무서웠어. 내가 얼마나 오빠를 원망했다고."

"왜?"

"연수 오빠 땜에 난 얼떨결에 간 거잖아. 오빠같이 목표가

확실한 노력파는 어딜 가나 잘해. 우리나라에서도, 뉴질랜드에서도 항상 도맡아 일등이야. 근데 난 아냐. 한 마디로 외화 낭비만 했지 뭐."

말은 그렇게 했지만 돌아보면 아주 소득이 없었던 것은 아니다. 우울했던 그 시절이 있었기에 지금이 얼마나 소중한지 느낄 수 있으니까. 나랑 똑같이 생긴 사람들 속에 묻혀 있다는 것, 온 신경을 곤두세우지 않아도 친구들의 말을 알아들을 수 있고, 놀림감이 될까 봐 전전긍긍하지 않고 말할 수 있고, 사전을 뒤지지 않고 글을 쓰고, 모국어로 꿈을 꿀 수 있다는 게 정말 좋다.

"아빠가 스쿠터를 선선히 사 준 이유를 이제야 알겠네."

"네가 좋아하는 걸 해 주고 싶었다. 나중에라도 엄마가 알면 이혼감이지. 허허."

아빠의 너털웃음이 쓸쓸했다. 표현하지는 않지만 아빠는 엄마에게 서운한 거다. 요즘은 농담처럼 자주 '이혼'이라는 말을 입에 올렸다. 이렇게 우리 가족은 영영 두 편으로 갈라져버리는 걸까? 우리를 갈라놓고 있는 것의 정체는 무엇일까?

2

 연습장을 꺼내는데 편지가 떨어졌다. 스쿠터를 타고 있는 뒷모습과 책상에 엎드려 자는 사진이 들어 있었다. 몰래 사진까지 찍다니! 이건 거의 파파라치나 스토커 수준이다. 1학년, 2학년, 가끔 자신을 밝히지 않는 것도 있는데 이는 분명히 주변 인물이라 추측된다.

 "아으, 죽겠네. 왜들 이래!"

 "언니, 이참에 아예 커밍아웃 하는 건 어때?"

 "까불래!"

 옆에서 소희가 깐죽거렸다.

 언니가 좋다, 친하게 지내고 싶다, 심지어 짝사랑 고백까지. 소희 말처럼 어떨 땐 정말 내 정체성에 혼란을 느낀다. 하지만 괜히 심각하게 반응하면 내 꼴이 도리어 우스워질 것 같아서 대수롭지 않게 넘겨 버렸다. 참, 이 무슨 호사스런 불평인지! 몇 개월 전까지만 해도 내가 이런 관심과 동경의 대상이 되리라곤 생각지도 못한 일이었다.

 유학에서 돌아와 난 한동안 우울의 늪을 허우적거리고 있었다. 나는 뉴질랜드에서처럼 한국에서도 이방인이었다. 영어가 막히면 그냥 한국말로 막 떠들어 키위들을 어리둥절하게 했는

데 여기서는 시도 때도 없이 영어가 튀어나왔다. 그 지긋지긋
하던 영어가. 애들은 공공연히 재수탱이라 비아냥거렸다. 나보
다 어린 것들에게 만만히 보이는 건 싫었지만 뒤집어엎을 의욕
이 없었다. 그 사건이 있기 전까지.

지분거리던 장마가 끝날 즈음, 몹시 끈끈하고 후덥지근한
날이었다.

화장실에 가려고 복도를 지나는데 누군가 뒤에서 귀에 꽂은
이어폰을 확 잡아챘다. 담임 선생님이었다. 문제는 그때가 쉬
는 시간이 아니라 자율 학습 시간이라는 데 있었다.

"어딜 돌아다녀!"

"화장실에 가는데요. 생리적인 현상도 허락받아야 됩니까?"

"너 지금 반항하는 거야?"

다짜고짜 반항이라니? 아무래도 선생님과 나는 커뮤니케이
션에 문제가 있는 듯했다. 물어서 대답하고 몰라서 질문한 것
뿐인데 왜 화를 내는지 이해할 수가 없었다. 나는 선생님이 내
말을 못 알아들었나 싶어 또박또박 다시 말했다.

"화장실에 갔다 오겠습니다."

"어디서 눈을 치켜뜨고 말대답이야!"

나도 모르게 서구식 대화법에 익숙해져 있었던 모양이다.

* 대화를 할 때에는 상대방의 눈을 주시한다.

→ 어른, 특히 선생님과 대화 할 때는 눈을 내리깐다.

* 질문하면 있는 그대로 대답한다.

→ 어감을 잘 살펴 질문인지 질책인지부터 구별한다. 전자의 경우에는 공손하게 대답하며 후자일 경우엔 무조건 빈다.

이런 걸 문화적 차이, 더 나아가 문화적 충돌이라고 하는 걸까?

담임의 얼굴이 붉으락푸르락하며 씰룩거렸다. 상당히 잘못되어가고 있다는 걸 느꼈지만 돌이킬 수도 없었다. 유리창 너머 호기심 어린 눈들이 여기저기서 반짝이고 있었으니까.

"자율 학습 시간에 돌아다니면 안 되는지 몰라?"

"네, '자율 학습'이니까요. 이 시간만큼은 우리들의 자율을 존중해 주셨으면 좋겠습니다."

"외국물 좀 먹었다 이거지. 좋아, 명심해 둬. 학교에선 개인의 자율보다 교칙이 우선이다. 분위기 흩트리지 말고 자율 학습 준수 사항 백 번, 반성문 써서 제출해."

여기서 끝내야 했다. 부조리에 온몸으로 대항하는 투사가 될 마음은 없었으니까. 그런데 불현듯 무모한 오기가 발동했다. 약간의 영웅 심리에 생리전 증후군, 짜증나는 날씨까지 한몫 거들었으리라 추측된다.

"자율 학습이 강제적이고 획일적이라면 모순이지 않습니

까? 저는 납득할 수가 없기 때문에 반성할 것도 없습니다."

"꿇어앉아!"

한 마디만 남기고 담임은 총총히 사라져 버렸다. 합리적 설명은커녕 벌이라니! 반박할 논리가 없으니 도망친 거다. 나는 무려 네 시간이 넘게 복도에 꿇어앉아 있었다. 아이들이 모두 집으로 돌아가고 복도에 어둠이 깔렸다.

"일어나라."

담임이었다. 담임도 마음고생이 심했는지 목소리가 갈라졌다.

"아까는 내가 이성을 잃을 것 같아 자리를 뜬 거다. 자율 학습이 강제적이라는 건 모순이지, 물론 효과적이지도 않고. 하지만 학교 방침이 그러니 어쩔 수 없다. 지금 이 말에도 이의를 제기하고 싶겠지?"

"……."

"고집불통 녀석. 집에 가."

휘적휘적 걸어가는 담임의 어깨가 유난히 처져 보였다. 여전히 학교의 방침을 납득할 수는 없지만 그래도 마음 한구석을 열어 보여 준 담임 때문에 받아들이기로 했다.

그날 이후, 선생님들에게는 버릇없고 당돌한 놈으로 낙인찍혔지만 아이들은 깍듯이 '언니'라 부르기 시작했다. 나는 터무늬없이 미화되기 시작했다. 바야흐로 화려한 귀환의 시작이었다.

햇빛을 받은 갈색 머리카락이 호기심을 자극했다. 선영이다. 선영이는 스탠드에 앉아 팔로 무릎을 감싼 채 나를 올려다보았다. 친한 사이는 아니지만 무척 우울해 보여서 그냥 지나칠 수가 없었다. 나는 선영이 옆에 앉았다. 선영이의 유난히 하얀 얼굴이 핏기 하나 없이 창백했다.

"곧 종 칠 텐데……."

내 말이 채 끝나기도 전에 선영이가 갑자기 울음을 터뜨렸다. 그리고 무릎에 얼굴을 묻고 흐느끼기 시작했다. 그냥 못 본 척할걸, 난감하다. 이럴 땐 조용히 곁에 있어 주는 수밖에 없다. 점심시간이 끝날 때까지 나는 그렇게 앉아 있었다.

그 일이 있은 후, 수업시간에도 자꾸 선영이에게 신경이 쓰였다. 번번이 눈이 마주쳤다. 텔레파시가 통한 건지 아니면 줄곧 날 쳐다보고 있었는지는 알 수 없었다.

나는 참다못해 먼저 말을 건넸다.

"고민 있니?"

"으…… 으응."

"뭐야? 혼자 끙끙 앓지 말고 털어놔 봐."

"아냐, 언니. 개인적인 거라서."

"당근 개인적인 문제지. 우리 나이에 공적인 문제로 속 썩을 일이 뭐 있냐?"

"듣고 보니 그러네."

"아이들이 따돌려서?"

"아니……."

선영이가 배시시 웃으며 고개를 저었다.

"언니, 스쿠터 탈 때 멋있더라."

말을 돌리는 걸 보니 정말 털어놓기 힘든 고민이 있나 보다. 사실 선영이에게 호감이나 관심이 있는 것은 아니다. 뉴질랜드에서 비슷한 경험이 있기에 선영이를 못 본 척할 수 없었을 뿐이다.

"Okay, 이제 안 물어볼게."

"언니, 나 스쿠터 한 번만 태워 줄래?"

딱 잘라 거절해야 하는데 창백한 선영이의 얼굴을 보니 차마 말이 나오지 않았다. 마치 이 세상 마지막 소원을 말하는 불치병 걸린 소녀의 표정이다. 아, 내가 미쳐!

"그래, 좋아. 딱 한 번만이야."

"야, 신난다. 오늘 학교 마치고 분식집 앞에서 기다릴게."

선영이는 박수를 치며 어린아이처럼 좋아했다. 고작 스쿠터

한 번 얻어 타는 걸 마치 세상을 다 얻은 듯이 기뻐하다니, 알수 없는 애다.

선영이는 미리 와서 기다리고 있었다. 내 헬멧을 선영이에게 씌우고 시동을 걸었다. 기분이 썩 개운치 않다. 선영이 때문에 내 원칙이 깨졌으니까. 털털이 배달용 스쿠터 뒤에 여자 애들 태우고 제 기분에 겨워 내달리는 꼴불견들을 보며 나는 절대 그러지 않겠다고 결심했었는데. 완전 후회막급이다. 하지만 한 번 내뱉은 말이니 싫어도 지켜야 한다.

나는 큰 길로 내려가지 않고 학교 뒤를 돌아 절로 연결되는 한적한 길로 방향을 잡았다. 오르막인 데다 둘이나 타서 그런지 영 속도가 나지 않았다. 가엾은 내 스쿠터는 힘겹게 헉헉거렸다. 선영이가 내 귀에다 대고 소리쳤다.

"더 빨리 달려도 돼. 나 겁 안나!"

"……."

"언니, 우리 잠깐 쉬었다 갈래?"

나는 이때다 싶어 스쿠터를 세웠다. 헬멧을 쓰지 않고 바람을 맞아서 그런지 귀가 먹먹하고 아팠다. 선영이는 폴짝 뛰어내려 내 주위를 빙빙 돌며 흥분한 듯 목소리를 높였다.

"언니, 짱이야! 진짜 재밌어!"

"기분 좀 좋아진 거야?"

"응, 좋아."

"됐어, 그럼 내려가자."

"벌써?"

"좀 있으면 해 질 거야."

"에이, 아직 멀었어. 이제 겨우 4시 반인데?"

"나 바빠. 얼른 타."

"얘기 좀 하다 가면 안 돼? 사실은 할 말 있는데……."

하필이면 여기서 이럴 게 뭐람! 은근히 짜증나는 애다. 하지만 어쩌랴? 뭔 고민인지 들어나 봐야지.

절로 접어드는 길목에 벤치와 커피 자판기가 있었다. 선영이가 뛰어가 커피를 뽑았다. 우리는 나란히 벤치에 앉았다. 선영이는 다리를 까딱거리며 홀짝홀짝 커피를 마셨다. 커피가 바닥을 보일 즈음에야 선영이가 입을 열었다.

"난 고아야."

전혀 예상치 못한 말에 말문이 막혔다.

"놀랬지?"

"응, 좀……."

"내가 태어나자마자 교통사고로 부모님이 돌아가셨대. 그래서 큰아빠랑 큰엄마가 날 키워 주셨어. 며칠 전에야 알았어."

"그래서 그랬구나."

"처음엔 좀 슬프고 혼란스러웠는데 이젠 괜찮아. 큰엄마가 아무리 구박해도 난 다 참을 수 있어. 좀 더 크면 하와이에 사는 외할머니를 찾아갈 거야."

선영이는 마치 옆집 소식 전하듯 담담하게 조잘거렸다. 오히려 내가 더 당황스럽다. 드라마 속에서나 있을 법한 출생의 비밀, 별로 친하지도 않는 내게 왜 이런 말을 하는 걸까?

3

책상 위에 놓인 캔 커피는 아직 따뜻하다. 캔 아래에 꼭꼭 접은 작은 쪽지가 있었다.

연어 언니, 어제는 고마웠어!
내 비밀 꼭 지켜 주길 바라.
언니가 내 곁에 있어서 너무너무 좋아!

나는 쪽지를 다시 접으며 선영이를 힐끔 건너다보았다. 선영이는 내게 준 것과 똑같은 캔 커피를 손에 들고 있었다. 커피를 좋아하나 보다. 나는 별론데.

소희가 돌아앉더니 수다를 떨기 시작했다.

"참, 아침부터 정성이다. 오늘은 누구야?"

"몰라도 돼."

"그 커피 안 마실 거야?"

"자, 너 마셔."

나는 소희에게 커피를 밀어 주었다. 소희가 커피를 홀짝대며 목소리를 낮춰 소곤거렸다.

"언니, 어제 스쿠터에 태운 애 누구야?"

"무슨……."

"에이, 잡아뗄 궁리하지 말고 솔직히 말해 봐. 멀리서 헬멧 쓴 뒷모습만 봐서 누군지 잘 모르겠던데. 둘이 어디 간 거야?"

"야, 별것도 아닌 걸 뭘 꼬치꼬치 캐물어?"

"얼렁뚱땅 넘기려고 하니까 더 궁금하네. 혹시 이 커피도 그 애가 준 거?"

"야, 이리 내. 마시지 마!"

"어이, 왜 이리 까칠하게 구실까? 점점 더 궁금하게."

이상하다. 선영이를 태워 줬다고 왜 선뜻 말하지 못할까? 선영이가 은따라서? 아니다, 내가 그 정도로 유치하고 비겁하다고 생각하기는 싫다. 그보다는 선영이의 비밀이 내 발목을 잡고 있어서겠지. 비밀을 지키려면 가능한 말을 아껴야 하니까.

급식실에 갔다 오니 소희 자리에 아이들이 둘러 서 있다.

"왜 그래?"

"아주 돌겠어. 이것 좀 봐!"

소희가 체육복을 바닥에 내동댕이쳤다. 체육복이 푹 젖어 있었다.

"물 쏟았어?"

"아냐! 누가 해코지했나 봐."

"누가?"

"알면 이러고 있겠어? 잡히면 그냥 콱!"

나는 소희의 체육복을 들어올렸다. 커피 냄새가 물씬 풍겼다.

"누군지 몰라도 먹는 걸로 장난치지 마라."

소희는 범인을 잡겠다고 한 명씩 붙들고 물어보았지만 모두 급식실에 간 사이라 본 사람이 아무도 없었다.

그 사건은 그렇게 흐지부지 잊혀 갔다.

"둘이 사귄대……."

선영이랑 스탠드에 앉아 있는데 뒤에서 속닥거리는 소리가 들렸다. 나는 일부러 뒤돌아보지 않았다. 선영이도 못 들은 척

염색 이야기에 열을 올렸다. 좀 더 과감하게 빨간색으로 염색하고 싶다나 뭐라나.

얼굴 없는 목소리들이 점점 대담해졌다.

"완전 구려……."

"웩, 저렇게 하고 다니고 싶을까……."

드문드문 들려 뭔 말인지 확실히 알 수는 없었지만 우리 둘을 보고 수군거리는 게 분명했다. 나는 벌떡 일어나 나무 뒤에서 쑥덕거리고 있는 아이들을 향해 달려갔다. 놀라 도망치던 아이들이 본관으로 뛰어들어갔다. 미친 듯이 쫓아갔지만 감쪽같이 사라졌다.

어쩐지 요즘 들어 쪽지가 뜸했다. 날 지켜보는 눈들에서 해방된 것 같아 후련했는데 이상한 소문이 돌고 있었다니. 정말 기분 나쁘다. 선영이와 나는 그냥 클래스메이트일 뿐인데 왜 색안경을 끼고 보는지 모르겠다.

에버그린 앞에서 선영이가 기다리고 있었다. 절뚝거리며 엄살을 부렸다. 체육시간에 받은 단체 기합의 후유증이란다.

"언니, 못 걷겠어. 집까지 좀 태워 줘."

"안 돼, 아빠랑 약속 있어서 빨리 가야 해."

"10분도 안 걸리는데?"

"가깝네. 그냥 걸어 가."

"언니, 요즘 나한테 왜 그래?"

"내가 뭘?"

"일부러 날 피하잖아."

이러다 또 선영이 페이스에 말려들 것 같다. 꽤나 집요한 데가 있는 애다. 이왕 말 나온 김에 쿨하게 솔직해지자.

"난 애들한테 괜한 오해받는 거 싫어."

"딴 애들이 뭐라고 하든 무슨 상관이야? 우린 비밀을 나눈 사이잖아."

"네 비밀은 지켜 줄게. 절대 말하지 않을 거야. 됐지?"

생각해 보면 이런 대화 자체가 좀 우습다. 같은 반이었지만 서로 가까이 지낸 지 얼마 되지도 않았다. 게다가 선영이에게 특별한 우정을 느끼지도 않는다. 단지 슬픈 사연이 있으니 위로해 주고 싶었을 뿐이다. 그런데 선영이는 툭하면 비밀 운운하며 날 옭아매려 했다.

"언니, 나한테 이러면 안 되잖아?"

선영이가 금방이라도 눈물을 떨어뜨릴 듯이 울먹였다. 참, 부담스러워 죽겠다! 괜한 동정심에 질질 끌려다니지 말고 좀 냉정해져야겠다.

"너 지금 드라마 찍니? 왜 이렇게 오버해?"

"결국 언니도 딴 애들이랑 똑같아……."

더 이상 징징대는 걸 듣고 싶지 않았다. 나는 헬멧을 쓰고 스쿠터에 시동을 걸었다. 속에서 뭔가 자꾸 치밀어 올랐다.

'우정'을 나누기엔 난 너무 이기적인 걸까?

4

선영이가 학교에 오지 않았다.

가방 안에서 발견한 선영이의 쪽지 때문에 불안해 죽겠다.

연어 언니.

언니가 오기 전엔

난 텅 빈 교실에 언제나 혼자 있는 기분이었어.

언니가 진짜 내 친언니였으면 얼마나 좋을까 하고

말도 안 되는 소원을 빌어 보기도 했지.

언니가 날 스쿠터에 태워 준 날,

같이 매점에 가고, 마주 보고 얘기하고, 날 보고 웃어

주고 손 흔들어 줄 때 얼마나 행복했는지 몰라.

하지만

결국 난 다시 혼자야.

잠수종에 갇혀 서서히 바다 밑으로 가라앉는 느낌이
들어.

내 마지막 흔적을 꼭 언니에게 남기고 싶었어.

그동안 고마웠어.

선영이의 핸드폰은 내내 꺼져 있고 쪽지에 쓰인 마지막이란
단어는 불길했다. 마지막이 뭘 의미하는 것일까? 생각을 거듭
할수록 자꾸 나쁜 상상이 꼬리를 물었다. 무슨 일이 벌어지기
전에 선영이를 찾아야 한다.

나는 칠판에 커다랗게 '김선영'이라고 썼다. 느닷없는 내 행
동에 아이들이 웅성거렸다.

"주목! 너희들은 선영이가 결석했는데 걱정도 안 되냐?"

아이들의 얼굴이 금방 심드렁해졌다. 너나없이 관심 없다는
표정이다.

"나랑 같이 선영이 집에 가 볼 사람?"

"……."

"그럼 선영이 집이 어딘지 아는 사람?"

"……."

너무하다! 선영이는 정말 친구가 하나도 없었나 보다. 결국

은 담임에게서 선영이의 주소를 알아낼 수밖에 없었다.

미용실의 유리문을 밀었다. 창백한 얼굴색과 뾰족한 턱, 큰
엄마라고 하기엔 어쩐지 선영이랑 너무 닮은 얼굴의 여자.

"커트하려고?"

"아뇨, 선영이랑 같은 반 친군데요."

"음…… 그래…… 잠깐만."

여자가 구석에 놓인 소파를 가리켰다. 나는 입을 꾹 다문 채
다리를 가지런히 모으고 소파에 앉아 여자를 기다렸다. 오래지
않아 여자가 내 앞으로 와서 앉았다. 나의 방문이 못마땅한 듯
마주 보는 눈빛이 차가웠다.

"왜 우리 선영이를 찾니?"

"결석하고 전화도 안 받던데 혹시 어디 아픈가요?"

"우리 선영이는 항상 아프지."

이상하다. 아주 다정하게 '우리 선영이'라고 말했다. 고도
의 연막전술인지 아니면 자연스러운 애정 표현인지 구별해야
한다. 나는 온몸의 촉각을 곤두세워 여자를 관찰했다.

"죄송해요. 전 선영이가 그렇게 많이 아픈지 몰랐어요. 입
원했나요?"

"아니, 아니다. 널 보니 내가 그냥…… 그냥 맘이 좀 안 좋

구나."

여자의 마뜩찮은 태도에 점점 주눅이 들었다.

"진작 우리 선영이한테 관심을 좀 가져 주지. 설마 너도 우리 선영이를 따돌린 건 아니겠지?"

"아, 아니에요!"

손사래를 치며 완강히 부인했지만 양심이 편치 않다.

"선영이는 외할머니 집에 갔다."

"하와이에요?"

너무 놀라 나도 모르게 튀어나온 말이었다.

"하와이라니? 아니야, 선영이 외할머니 집은 강릉이란다."

"강릉…… 언제 와요?"

"그래, 이 마당에 숨기고 말고 할 것 없지. 우리 선영이가 색소결핍증을 앓고 있는 건 알지? 남과 다른 외모 때문에 어려서부터 줄곧 따돌림을 당했지만 그런대로 잘 견뎌 냈었다. 그런데 사춘기라 그런지 중학생이 되고는 점점 못 견뎌 하더구나. 아이들이 자길 투명 인간 취급한다고 몹시 우울해했어. 근래에는 피해망상에 관계망상 증세까지 보여서 걱정이 이만저만이 아니었다."

가슴이 울렁거렸다. 온통 무슨 소린지 모르겠다. 색소결핍증? 난 정말 몰랐다. 게다가 피해망상에 관계망상이라니! 무슨 말인지 도통 이해할 수가 없다.

"그래도 자해를 할 정도까지 심각한지는 정말 꿈에도 생각지 못했다."

"자해요?"

"난 탈모가 생긴 줄 알았는데 알고 보니 제 머리카락을 뽑았더구나. 오랫동안 계속 되다 보니 머리 밑이 훤해졌어. 글쎄 어젯밤에는 벽에다 제 머리를 짓찧어서 이마가 피범벅이 됐어. 다행히 상처가 깊지 않았지만 불안해서 더는 혼자 둘 수 없더구나. 무엇보다 선영이가 강릉 할머니네로 가겠다고 어찌나 고집을 피우던지……."

염색을 즐긴다는 말도, 고아라는 것도, 구박하는 큰엄마와 하와이에 사는 외할머니까지 모두 거짓이었다니! 우스꽝스러울 정도로 무스로 떡칠해 부풀린 선영이의 머리를 생각하니 혼란스러웠다. 불량함으로 가장하고 오해와 따돌림을 받으면서까지 왜 선영이는 자신의 병을 밝히지 않았을까?

자기만의 방식으로 참고 견디던 선영이에게 나의 알량한 관심이 독이 됐을지도 모른다고 생각하니 그만 맥이 탁 풀렸다. 나는 선영이 외할머니네 주소가 적힌 쪽지를 움켜쥐고서 미용실을 나왔다.

무궁화 꽃이 피었습니다.

무궁화 꽃이 피었습니다.

이리저리 뛰어다니며 술래잡기 하는 아이들의 떠들썩한 웃음소리 속에 문득 선영이의 목소리가 들리는 것 같다.

"나 이제 술래 그만 할래!"

5

"아빠, 우리 이제 빈털터리야?"

아빠는 대답 대신 지갑에서 만 원짜리 한 장을 꺼내 내밀었다. 돈 달라는 말이 아니었는데. 엄마와 통화하는 걸 엿들었다고 말할 수가 없다. 매달 오빠의 학비와 집세, 생활비로 만만찮은 액수를 보내야 한다. 아빠는 이제 남아 있는 것이 없다고 엄마에게 화를 냈다.

"졸업식에 엄마 올까?"

"아마 힘들 거다."

"이제 다같이 살자고 말하려고 했는데. 아빠도 그러고 싶지?"

"엄마는 연수 뒷바라지 해야지."

"오빠는 혼자 있어도 돼. 보살핌을 받아야 할 사람은 아빠잖아."

"난 괜찮다."

괜찮다고 말하는 아빠의 얼굴이 전혀 괜찮지 않았다. 외로움과 고단함이 배어 있다. 엄마와 아빠는 아직 서로 사랑하고 있을까? Out of sight, out of mind.

"연어야, 우리 이사 가자."

"또?"

"아빠가 능력이 없어서 그래. 수술하고 쉬는 동안 거래처가 다 끊어졌어. 휴……."

"어디로 가는데?"

"이제부터 찾아봐야지. 더 작은 데라도 괜찮지?"

이렇게 작아지다가 아예 사라져 버릴지 모른다. 엄마와 오빠가 돌아와도 함께 살 집이 없어 뿔뿔이 흩어져야 할지도. 가족의 해체! 속수무책 기다릴 수만은 없다.

엄마에게 메일을 보냈다. 아빠의 건강 상태를 조금 과장하고 난 적응을 못해 방황하고 있다고 썼다. 좀 닭살스럽지만 엄마가 필요하다고, 보고 싶다고, 제발 돌아오라고 애원했다. 그런데 엄마에게서 답신이 없다. 바로 비행기를 탈 거라고 자신했던 내가 어리석게 느껴졌다. 그렇게 조바심을 내며 꼬박 사흘을 기다린 후에야 엄마의 메일이 왔다.

연어야!

많이 힘드니? 엄마 너무 속상해. 너 여기서도 적응 못해 힘들어했는데 또…….

애초에 널 여기로 데리고 온 엄마 잘못이 크다. 그래도 넌 씩씩하고 낙천적인 아이니 점점 좋아질 거야.

연수는 지난 학기에도 올A를 받았어. 계속 이렇게만 해 준다면 수석 졸업도, 영국 유학도 문제없을 것 같아.

이제 와서 돌아간다면 오빠의 재능과 노력이 너무 아깝지 않겠니? 엄마는 연수가 공부에만 집중할 수 있도록 끝까지 뒷바라지를 하고 싶어.

참, 얼마 전부터 나도 아르바이트를 시작했단다. 많이는 아니더라도 집세 정도는 해결할 수 있겠어. 좀 더 여유가 생기면 엄마도 공부를 계속해 볼까 생각 중이란다.

우리 힘들어도 미래를 위해서 조금만 더 참자.

그리고 졸업 축하한다! 선물 보냈는데 맘에 들지 모르겠다.

졸업식 날, 사진 많이 찍어서 보내 줘. 기다릴게!

사랑한다‼

미래가 보장된 오빠를 위해 나는 희생해도 된다는 건가? 아빠에 대해선 왜 한 마디도 없는 걸까? 결국 엄마는 돌아올 생각이 전혀 없는 거다.

좋다! 보란 듯이 아빠랑 잘 먹고 잘 살아야지. 그깟 선물일랑은 거들떠보지도 않고 졸업 사진도 안 보낼 거다. 졸업식에 아예 가지도 않을 거다.

"아빠, 나 이사 안 가."

"다음 주에 집 비워 주기로 했다."

"몰라, 어쨌든 난 이사 안 갈 거야."

"너까지 아빠 힘들게 하지 마."

"아빠도 좀 솔직해 봐. 이젠 기러기 아빠 생활 못 하겠다고 엄마한테 말하라고! 이러다 영영 헤어지게 될지도 모른단 말이야."

"할 수 없지."

"미치겠어. 도대체 이게 뭐야? 둘씩 짝 먹고 편 가르기 하는 것도 아니고. 가만히 있지 말고 어떻게 좀 해 보란 말이야!"

"그러니까 다시 엄마한테 가라고! 가 버려, 가!"

별안간 아빠가 고함을 질렀다. 이성을 잃은 사람처럼 일그러진 얼굴에 눈빛이 번득였다. 아빠의 이런 모습을 본 적이 없다. 화나고 무서워야 하는데 이상하게도 슬프다. 깊은 절망과 외로움이 고스란히 전해져왔다. 이미 엄마와 아빠의 불화는 깊어졌고 내 힘으로는 막을 도리가 없다.

"연어야, 잘 들어. 넌 엄마한테 가야 해."

"싫어, 싫다고 했잖아. 왜 자꾸 날 보내려는 거야? 아빠 혼자 어쩌려고?"

"어차피 난 가망이 없다. 암이 폐로 전이 됐다."

나는 그 자리에 털썩 주저앉았다. 내 몸에 있는 모든 구멍들이 다 막혀 버린 것처럼 답답하다. 숨이 쉬어지지 않고 눈물조차 나오지 않는다.

"얼마까지 줄 수 있어요?"

아저씨가 손가락을 펴 보였다.

"겨우?"

"다른 데도 마찬가지야. 요즘 널린 게 50cc 중고거든."

"너무해요. 아직 새 거나 마찬가진데."

"그 녀석 참. 좋다, 2만 원 더 주마."

"좀만 더요, 네?"

"아무리 돌아봐라, 나만큼 쳐주는 사람 있나. 더구나 이런 튀는 색은 찾는 사람이 거의 없어. 다시 도색해서 팔려면 남는 게 없거든."

"다들 예쁘다던데……."

나는 스쿠터의 안장을 어루만졌다. 아직 제대로 속도 내서

달려 보지도 못했다. 언젠가는 꼭 윌리를 해 보고 싶었는데. 사랑하는 사람과 헤어질 때의 기분이 이럴까? 명치끝이 화끈거리더니 찌르르한 통증이 느껴졌다.

"학생, 팔 거야 말 거야?"

"다시 올게요."

아저씨가 의심스러운 눈초리로 나를 훑어보았다. 나는 얼른 헬멧을 눌러쓰고 열쇠를 꽂았다. 등 뒤로 아저씨의 거친 목소리가 따라왔다.

"사고 나거나 긁히면 안 산다!"

딱 하루만, '스쿠터 걸'과 작별을 고할 시간이 필요하다.

혼자 괜찮을까, 혹시 길을 잃으면, 스쿠터가 중간에서 퍼지기라도 하면…… 자꾸 고개를 드는 불안을 누르며 배낭을 꾸리고 연료를 가득 채웠다.

길가에 늘어선 빌딩과 자동차로 뒤엉킨 거리를 뒤로 하고 내달렸다. 혼잡한 사거리를 지나고 수많은 교차로를 거쳤다. 무서운 속도로 내달리는 화물차의 경적 소리에 신경이 곤두섰다. 그럴수록 속도를 높였다. 차가운 바람이 얼굴을 때려 제대로 숨을 쉴 수가 없다.

강릉으로 가는 6번 국도.

안개가 짙게 깔렸다. 계기판에 불이 반짝거렸다. 시속 60km
가 넘은 것이다. 나는 얼른 속도를 늦추었다. 갑자기 스쿠터가
'쿵' 하고 튀었다. 도로가 패인 부분을 미처 보지 못한 때문이
었다. 만약 속도를 줄이지 않았더라면 하고 생각하니 오싹하
다. 나는 갓길에 스쿠터를 세웠다.

지나는 차들은 뜸하고 안개 속은 고요하다. 사방을 둘러보
아도 인적이 없다. 덜컥 겁이 났다. 하지만 여기서 돌아서지는
않을 거다. 지금 주춤거리면 앞으로도 계속 물러서야 할지 모
른다. 나는 핸드폰을 꺼내 문자를 쳤다.

아빠, 포기하지 마.
내가 있잖아.
Don't worry, be happy!

나는 주먹을 불끈 쥐고 다짐했다.
"정연어, 정신 차려!"
머뭇거릴 시간이 없다. 강릉까지는 아직 한참이나 남았다.
내 사춘기의 비상구였던 스쿠터와 함께하는 마지막 라이딩. 나
만큼이나 스쿠터를 좋아하던 선영이와 함께라면 분명 해피엔
딩이다.

울창하게 솟은 나무들과 끊어질 듯 이어진 거친 오르막과 내리막을 지났다. 눈앞에 펼쳐질 짙푸른 동해 바다를 그리며 달린다. 기꺼이 헬멧을 벗기 위해. 그리고 돌아갈 거다. 운동화 끈을 고쳐 매고 튼튼한 두 다리로 걸어서. 길을 잃어 막막해도 더 이상 무서워 말자. 길은 언제나 내 안에 있었다.

그래, 내가 답이다.

비록 지금은 길을 잃었을지라도

딸이 초등학교를 졸업할 즈음이었다. 늘 곁에서 재잘대던 딸이 서서히 말문을 닫았다. 더불어 딸의 방문이 잠기고 음악 소리는 높아졌다. 중학생이 되자 사태는 더욱 심각해져서 나의 부단한 노력에도 불구하고 갈등의 골은 깊어졌고 우리의 대화는 끊어졌다. 지극히 자연스런 성장 과정을 밟고 있다는 것을 알면서도 엄마의 마음은 조마조마했다.

"지금 저 아이는 무슨 생각을 하고 있을까?"

나는 딸의 방문 앞을 서성거리며 지켜볼 수밖에 없었다.

청소년 : 어른과 어린이의 중간 시기.

국어사전의 정의다. 별 이의를 제기할 필요 없이 명쾌한 답이다. '중간'이라는 단어가 가진 모호함을 극복한다면 말이다. 뒤집어보면 어른도 어린이도 아닌 존재요, 비틀어보면 어린이면서 어른이기도 하다는 뜻일 게다. 즉 어른과 어린이의 모습을 두루 가지고 있지만 아직은 불완전한, 그래서 불안한 이들이 청소년이다.

청소년은 교육의 주대상이다. 청소년들에게 가장 중요한 화두는 공부이고, 학교생활 자체가 평가의 전쟁이라 해도 과언이 아니다. 잘하든 못하든 그들은 성적의 굴레에서 자유로울 수가 없다. 더욱이 특목고로 인해 진학에 휘둘리는 연령대는 점점 낮아지고 있다. 아이들을 누르는 학업의 무게, 기대와 강요, 억압 속에서 삶의 에너지가 고갈되어 가는 것이 안타깝다. 삶의 본질적인 가치를 고민할 자유조차 빼앗긴 채 공부와 규범을 강요당하지만 정작 어른들이 부르짖는 가치와 몸으로 느끼는 세상은 다르다는 걸 아이들은 쉽게 알아챈다. 부조리하고 이중적인 사회에서 미래를 꿈꾸는 것조차 자유로울 수가 없는 것이 현실이다.

사춘기의 정점에 선 소녀들의 정체성은 매 순간이 혼란스럽다. 통계를 빌면 10대 소녀 77% 이상이 자신의 외모에 불만을 가지고 있다고 한다. 얼짱 문화, 날씬함에 대한 강박관념으로 아이들은 스스로에게 열등한 꼬리표를 붙이고 좌절한다. 소녀들에게 있어 살은 덜어 내야만 하는 아픔의 덩어리일 뿐이고 예뻐지고 싶은 갈망은 무조건적이다. 있는 그대로의 자신을 사랑하지 못하는 자기 비하의 경험은 아이들의 몸과 마음을 황폐하게 만든다. 우리 사회가 심어 준, 다양성이 훼손된 과장되고 이상화된 아름다움의 이미지들이 소녀들에게 얼마나 폭력적인지 두려울 정도다.

청소년의 문화를 말할 때, 빠뜨릴 수 없는 부분이 팬덤(fandom)이다. 대중 스타가 청소년들에게 미치는 영향은 막강하다. 연예인은 청소년의 역할 모델로 부상했고 다수의 청소년들이 그들과의 상호작용을 위해 팬클럽을 조직하고 영향력을 행사하기에 이르렀다. 팬클럽 속에서 그들은 집단 정체성과 동질성을 형성하며 문화를 즐기고 현실에서의 불안과 스트레스를 해소한다. 때론 팬클럽이 이익 단체로 변질되기도 하고 팬클럽간의 집단 충돌과 사이버테러 등의 일탈 행위가 벌어지기도 한다. 아이들에 대한 비난과 갈등이 시작되는 지점이다.

자신의 의지와는 상관없이 삶의 당혹스런 면과 마주한 아이들. 가족의 해체, 왕따, 편견, 충족되지 않는 욕망과 소통의 부재에 맞서 아이들은 온몸으로 거부하고 저항한다. 그래도 인정하기 싫을 때 거짓말을 하기도 한다. 때론 자기가 하는 거짓말에 속을 때도 있다. 진실과 거짓의 선이 무너지고 나 자신이 어디로 가고 있는지 알 수 없는 지경에 이르면 스스로 만든 감옥 속에 갇히고 만다. 나는 세상을 향해 문을 걸어잠근 청소년들이 자신을 사랑하는 데 너무 오랜 시간이 걸리지 않기를 바란다. 용기 내어 자신의 상처와 고민을 들여다보기를, 그리고 내 안의 소중함을 찾아 스스로를 격려하는 힘으로 세상을 버텨 내고 자신의 삶을 가꾸기를 바란다.

딸과의 수많은 다툼과 화해를 반복하며 몇 해가 지났다. 그동안 딸을 지켜보며 애태운 시간들이 이 글을 쓰게 했다. 자신의 세계로 비집고 들어오려는 엄마를 용케도 잘 참아 준 민경이에게 고마움과 사랑을 전한다.

2009년 겨울
이 은

이 은

1962년 부산에서 태어났으며, 동아대학교에서 국어국문학을 공부했다. 2004년
〈어린이동산〉 중편동화공모에 「별이가 놓은 징검다리」가 당선되어 작품 활동을
시작했으며, 2007년 장편동화 『수런거리는 빈집』으로 MBC창작동화대상을 수상
하며 작가로서의 입지를 굳혔다. 평소 청소년들의 삶을 밀도 있게 그리고 싶었다
는 작가는 첫 청소년소설집 『스쿠터 걸』을 내놓게 되었다. 『스쿠터 걸』은 4편의
단편을 모은 성장소설로, 지금을 살아가는 열여섯 살 중학생 아이들의 상처와 아
픔을 섬세하고 명쾌하게 짚어 내고 있는 작품이다. 지은 책으로는 『앵무새의 선
물』, 『스쿠터 걸』 등이 있다.

＊〈푸른도서관〉 시리즈는 계속 나옵니다!